KB110622

황무지

황무지

T. S. 엘리엇

황동규 옮김

THE WASTE LAND
Thomas Stearns Eliot

차례

THE LOVE SONG OF J. ALFRED PRUFROCK

S'io credessi che mia risposta fosse
a persona che mai tornasse al mondo,
questa fiamma staria senza più scosse.
Ma per ciò che giammai di questo fondo
non tornò vivo alcun, s'i'odo il vero,
senza tema d'infamia ti rispondo.

Let us go then, you and I,
When the evening is spread out against the sky
Like a patient etherised upon a table;
Let us go, through certain half-deserted streets,
The muttering retreats
Of restless nights in one-night cheap hotels
And sawdust restaurants with oyster-shells:

프루프록의 사랑 노래*

만약 지상(地上)으로 되돌아갈 사람에게
대답하는 것으로 생각된다면
이 불길은 더 이상 움직이지 않으리라.
내 들은 바에 의하면
이 지하에서 살아 돌아간 자 하나도 없으므로
명예훼손의 염려 없이 그대 물음에 답하리라.**

자 가세, 너와 나,
마취되어 수술대 위에 누워 있는 환자 모양
저녁이 하늘을 위로 하고 널부러져 있을 때;
자 가세, 사람 자취 반 이상 끊긴 모모(某某) 거리를 지나,
일박(一泊)용 싸구려 호텔의 잠 못 이루는 밤들과
굴 껍질 섞인 톱밥 밑에 깐 레스토랑의

---

* 엘리엇은 이 시를 스물세 살 때인 1911년에 완성한 것으로 알려져 있으나
발표는 에즈라 파운드에 의해 1915년《시(Poetry)》에 이루어졌다. 이 시는
발표 즉시 유명해지며 파운드로부터 "영어로 쓰인 최초의 현대시"라는 평을
받았다. 프루프록(J. Alfred Prufrock)은 엘리엇이 소년 시절에 살았던 미국
미주리 주 세인트루이스 시의 가구 상인 이름이다. '신중하다(prudent)'와
빅토리아 시대의 정장인 '프록코트(frock coat)'의 결합이 엘리엇의 마음을 끈
것으로 보인다.
** 단테의『신곡(新曲)』「지옥편」 27장 61~66행. 나쁘게 되도록 조언한
자들은 지옥에서 불길에 휩싸이도록 되어 있다. 귀도 다 몬테펠트로(Guido
da Montefeltrot)는 단테가 지상으로 나가지 못하리라 생각하고 불길에 싸인
채 자신의 간악했던 삶을 이야기한다. 형식논리로 보면 이 시는 지옥에서
일어나는 일을 그리고 있다.

Streets that follow like a tedious argument
Of insidious intent
To lead you to an overwhelming question...
Oh, do not ask, "What is it?"
Let us go and make our visit.

In the room the women come and go
Talking of Michelangelo.

The yellow fog that rubs its back upon the window-panes,
The yellow smoke that rubs its muzzle on the window-panes,
Licked its tongue into the corners of the evening,
Lingered upon the pools that stand in drains,
Let fall upon its back the soot that falls from chimneys,
Slipped by the terrace, made a sudden leap,
And seeing that it was a soft October night,
Curled once about the house, and fell asleep.

투덜대는 피정(避靜)들을 지나,
난처하고 거창한 질문으로 끌고 가려는
음흉한 의도를 지닌
질질 끄는 논쟁처럼 따라오는 길들을 지나······
오 "이게 뭐지?"라고 묻지 말게.
자 가서 방문을 하세.

방에서는 여자들이 오가며
미켈란젤로에 대해 얘기를 하고.

등을 창유리에 비비는 노란 안개,
주둥이를 창유리에 비비는 노란 안개,
저녁의 구석구석에 혀를 넣고 핥다가
하수도에 고인 물웅덩이에서 머뭇대다가
굴뚝에서 떨어지는 검댕을 등으로 받고,
테라스를 빠져나가, 별안간 한 번 살짝 뛰고는
때가 녹녹한 시월 밤임을 알고
한 번 집 둘레를 돌고, 잠이 들었다.

And indeed there will be time
For the yellow smoke that slides along the street
Rubbing its back upon the window-panes;
There will be time, there will be time
To prepare a face to meet the faces that you meet;
There will be time to murder and create,
And time for all the works and days of hands
That lift and drop a question on your plate;
Time for you and time for me,
And time yet for a hundred indecisions,
And for a hundred visions and revisions,
Before the taking of a toast and tea.

In the room the women come and go
Talking of Michelangelo.

그리고 정말 시간은 있겠지[●]

창유리에 등을 비비고

거리를 따라 미끄러지듯 가는 노란 안개에게;

시간은 있겠지, 암 있고말고,

네가 만날 얼굴들을 만나기 위해 얼굴을 꾸밀;

사람을 죽이고 애를 배게 할 시간이,

문제를 들어 네 접시에 놓을

손의 일과와 세시(歲時)에게도;^{●●}

너를 위해서도 시간, 나를 위해서도 시간이 있겠지,

아직 백 번은 망설일 시간이,

백 번 보고 또다시 볼 시간이,

토스트 곁들인 차를 마시기 전에.

방에서는 여자들이 오가며

미켈란젤로에 대해 얘기를 하고.

● 17세기 영국 시인인 앤드류 마벌(Andrew Marvell, 1621~1678)의 시
「수줍어하는 애인에게(To His Coy Mistress)」의 울림. 시간이 충분히 있다면
사랑을 늦출 수 있으나 시간이 많지 않으므로 지금 사랑하자는 내용이다.
●● 「일과 세시」는 기원전 8세기 희랍 시인 헤시오도스의 작품. 우리나라의
「농가월령가」와 비슷한 구조로 농민이 한 해에 하는 일들을 적었다. 엘리엇은
의미 있는 농사일을 위해 쓰는 손과 의미 없는 사교 행위를 위해 쓰는
손일을 비교하고 있다.

And indeed there will be time
To wonder, 'Do I dare?' and, 'Do I dare?'
Time to turn back and descend the stair,
With a bald spot in the middle of my hair —
(They will say : 'How his hair is growing thin!')
My morning coat, my collar mounting firmly to the chin,
My necktie rich and modest, but asserted by a simple pin —
(They will say: 'But how his arms and legs are thin!')
Do I dare
Disturb the universe?
In a minute there is time
For decisions and revisons which a minute will reverse.

For I have known them all already, known them all —
Have known the evenings, mornings, afternoons,
I have measured out my life with coffee spoons;
I know the voices dying with a dying fall
Beneath the music from a farther room.
  So how should I presume?

그리고 정말 시간은 있겠지
'해낼 수 있을까?' '해낼 수 있을까?' 자문(自問)할.
돌아서서 층계를 내려올 시간이
머리칼 한중간이 대머리 된 머리를 하고 ─
(여자들은 말하리라: "어마 이 사람 머리숱이 빠지는걸!")
내 예복(禮服), 바싹 턱까지 올라온 내 깃,
값지되 점잖은 내 넥타이, 소박한 핀 때문에 드러나는 ─
(여자들은 말하리라: "하지만 그의 팔다리는 왜 이리
    야위었지!")
내 감히
우주를 흔들어 놓을 수 있을까?
단 일분(一分) 안에도 일분이 뒤집을
몇 차례 결심을 하고 또 수정을 할 시간이 있지.

왜냐하면 나는 그들을 이미 다 알고 있기 때문에, 모두 다 ─
저녁과 아침과 오후 일들을 다 알고 있기 때문에,
내가 커피 스푼으로 내 삶을 재어 왔기 때문에;
먼 방에서 들려오는 음악에 깔려 점점 여리게로 되다
들리지 않게 되는 목소리들을 알고 있기 때문에.
        그러니 내 어찌 감행할 수 있으랴?

And I have known the eyes already, known them all ——
The eyes that fix you in a formulated phrase,
And when I am formulated, sprawling on a pin,
When I am pinned and wriggling on the wall,
Then how should I begin
To spit out all the butt-ends of my days and ways?
　　And how should I presume?

And I have known the arms already, known them all ——
Arms that are braceleted and white and bare
(But in the lamplight, downed with light brown hair!)
Is it perfume from a dress
That makes me so digress?
Arms that lie along a table, or wrap about a shawl
　　And should I then presume?
　　And how should I begin?

　　　　　　　.　.　.　.　.

그리고 나는 그 눈들을 이미 다 알고 있기 때문에, 모두 다 ──
공식적 문구로 사람을 정해 버리는 눈들,
내가 공식(公式)으로 졸아들어, 핀 위에서 허우적거릴 때,
내가 핀에 꽂혀 벽에서 꿈틀거릴 때,
그때 어떻게 나는 일상생활의 모든 꽁초를
뱉어 버리기 시작할 것인가?
　　그리고 내 어찌 감행할 수 있으랴?

그리고 나는 그 팔들을 이미 다 알고 있기 때문에, 모두 다 ──
팔찌를 낀 희고 벗은 팔들을
(하나 램프 불빛 아래 갈색 솜털로 덮인!)
내 말을 이처럼 곁길로 빠지게 하는 건
옷에서 풍기는 향수 때문일까?
식탁에 놓인, 혹은 숄을 휘감는 팔들.
　　그리고 그때 나는 감행해야 할 것인가?
　　그리고 어떻게 시작해야 할 것인가?

· · · · ·

Shall I say, I have gone at dusk through narrow streets
And watched the smoke that rises from the pipes
Of lonely men in shirt-sleeves, leaning out of windows?...

I should have been a pair of ragged claws
Scuttling across the floors of silent seas.

.   .   .   .   .

And the afternoon, the evening, sleeps so peacefully!
Smoothed by long fingers,
Asleep... tired... or it malingers,
Stretched on the floor, here beside you and me.
Should I, after tea and cakes and ices,
Have the strength to force the moment to its crisis?
But though I have wept and fasted, wept and prayed,
Though I have seen my head (grown slightly bald) brought in
    upon a platter,
I am no prophet —— and here's no great matter;

이렇게 말할까, 황혼 무렵 좁은 거리를 걷다가
창밖으로 팔 내민 셔츠 바람의 외로운 남자들의
파이프에서 오르는 담배 연기를 자세히 보았노라고?

차라리 나는 소리 없는 바다 바닥을 허둥대며 건너는
한 쌍의 털보숭이 집게발이었으면.

· · · · ·

그리고 오후가, 저녁이, 이처럼 편안히 잠자는구나!
긴 손가락의 애무를 받으며
잠들고…… 피곤해 하고…… 혹은 잠투정한다,
여기 너와 내 옆, 마루에 몸을 뻗고.
차와 케이크와 아이스크림을 먹은 후
나에게 순간을 위기로 몰고 갈 힘이 있을까?
그러나 내 비록 울고 단식하고, 울고 기도했어도,
비록 내 머리가 (약간 벗어진 채로) 쟁반에 담겨 내오는
    것을 보았어도,˙
나는 선지자가 아니야 ── 그리고 여기엔 예언할 만큼
    큰일도 없고.

─────────

˙ 살로메에게 죽임을 당한 세례 요한. 「마가복음」 6장 17~28절과 「마태복음」
14장 3~11절을 보라.

17

I have seen the moment of my greatness flicker,
And I have seen the eternal Footman hold my coat, and
  snicker,
And in short, I was afraid.

And would it have been worth it, after all,
After the cups, the marmalade, the tea,
Among the porcelain, among some talk of you and me,
Would it have been worth while,
To have bitten off the matter with a smile,
To have squeezed the universe into a ball
To roll it towards some overwhelming question,
To say: 'I am Lazarus, come from the dead,
Come back to tell you all, I shall tell you all' ——
If one, settling a pillow by her head,
  Should say: 'That is not what I meant at all.
  That is not it, at all.'

나는 내 위대함의 순간이 껌뻑거리는 것을 보았지,
그리고 영원한 하인*이 내 웃옷을 들고 킥킥대는 것을
　　보았어,
간단히 말해, 나는 겁이 났어.

그리고 해볼 가치가 있을까, 결국에 가서,
잔을 들어 마멀레이드와 함께 차를 마신 후에,
도자기들 사이에서, 너와 나의 어떤 얘기 사이에서?
해볼 가치가 있을까,
미소 띠며 문제를 깨물어 끝을 잘라 내는 일이,**
우주를 짓눌러 하나의 공을 만들어
어떤 난처하고 거창한 문제를 향해 굴리는 일이?
"나는 그대들에게 모든 것을 말해 주기 위해
죽은 자들 사이에서 온 라자로이다,*** 모든 걸
　　말하리라"라고 한들 ─
만약 한 여자가 머리맡에 있는 베개를 고쳐 놓으며
　　"전혀 그런 뜻이 아니었는데요.
　　전혀 그런 뜻이"라고 말한다면.

─────────

* 죽음을 가리킨다.
** 예전에 시가 담배에는 빨부리가 없어 끝을 잘라 내고 입에 물어야 했다.
*** 죽었다가 예수의 힘으로 되살아난 사람. 「요한복음」 11장 1~44절.

And would it have been worth it, after all,

Would it have been worth while,

After the sunsets and the dooryards and the sprinkled streets,

After the novels, after the teacups, after the skirts that trail

    along the floor ——

And this, and so much more? ——

It is impossible to say just what I mean!

But as if a magic lantern threw the nerves in patterns on a

    screen:

Would it have been worth while

If one, settling a pillow or throwing off a shawl,

And turning toward the window, should say:

   'That is not it at all,

   That is not what I meant at all.'

                . . . . .

No! I am not Prince Hamlet, nor was meant to be;

Am an attendant lord, one that will do

To swell a progress, start a scene or two,

Advise the prince; no doubt, an easy tool,

Deferential, glad to be of use,

그리고 해볼 가치가 있을까, 결국에 가서,
해볼 가치가 있을까,
황혼과 마당과 물 뿌린 거리를 본 후에,
소설과, 찻잔과, 마루를 따라 끝을 끄는 치마들이 있은
　　후에 ──
그리고 이것과 훨씬 더 많은 것을 겪은 후에? ──
내 진의(眞意)는 말로 하기가 불가능하다!
단지 마치 환등(幻燈)이 스크린 위에 신경조직을 비추는
　　것같이만:
해볼 가치가 있을까,
만약 한 여자가, 베개를 고쳐 놓거나 숄을 벗어 던져 놓으며,
창문을 향해 몸을 돌리고,
　　"전혀 그런 뜻이,
　　전혀 그런 뜻이 아니었는데요"라고 한다면.

　　　　　　　　　. . . . .

아니, 난 햄릿 왕자가 아니지, 되려고 한 적도 없지;
시종관(侍從官)이지, 임금님 행차에 사람 수나 늘리는,
연극 한두 마당을 열고,
왕자님께 충고하고, 틀림없이 손쉬운 수족(手足),
공손하고, 기꺼이 이용당하고,

Politic, cautious, and meticulous;
Full of high sentence, but a bit obtuse;
At times, indeed, almost ridiculous —
Almost, at times, the Fool.

I grow old... I grow old...
I shall wear the bottoms of my trousers rolled.

Shall I part my hair behind? Do I dare eat a peach?
I shall wear white flannel trousers, and walk upon the beach.
I have heard the mermaids singing, each to each.

I do not think that they will sing to me.

I have seen them riding seaward on the waves
Combing the white hair of the waves blown back
When the wind blows the water white and black.

We have lingered in the chambers of the sea

교활하고, 조심성 많고, 좀스러운;
호언장담하지만, 약간 우둔한;
사실 때로는 거의 궁정의 어릿광대.*

나는 늙어 간다…… 늙어 간다……
바짓자락을 접어 입을까 보다.**

머리 뒤로 가르마를 탈까?*** 감히 복숭아를 먹어 볼까?
나는 하얀 플란넬 바지를 입고, 해변을 걸을 테다.
나는 인어들이 노래하는 것을 들은 적이 있지,
　　서로서로에게.

그들이 나에게 노래해 주리라곤 생각 안 해.

나는 그들이 파도를 타고 바다를 향해 나가며
바람에 불린 파도의 하얀 머리를 빗질하는 모습을 보았지
바람이 바닷물을 휘불어 희고 검게 만들 때.

우리는 바다의 방(房)들 속에서 서성댔다

---

* 『햄릿』에 나오는 폴로니어스가 모델일 가능성이 크다.
** 당시 유행.
*** 당시 파리 소르본 대학 근처에 모인 보헤미안들 사이에 유행.

23

By sea-girls wreathed with seaweed red and brown
Till human voices wake us, and we drown.

적갈색 해초 관(冠)을 쓰고 있는 바다 처녀들 곁에서.
이윽고 인간의 목소리들이 우리를 깨워, 우리는 익사한다.

PRELUDES

1

The winter evening settles down
With smell of steaks in passageways.
Six o'clock.
The burnt-out ends of smoky days.
And now a gusty shower wraps
The grimy scraps
Of withered leaves about your feet
And newspapers from vacant lots;
The showers beat
On broken blinds and chimney-pots,
And at the corner of the street
A lonely cab-horse steams and stamps.

And then the lighting of the lamps.

2

The morning comes to consciousness
Of faint stale smells of beer
From the sawdust-trampled street

전주곡들

1

겨울 저녁이 통로(通路)마다
비프스테이크 냄새와 함께 자리 잡는다.
여섯 시.
연기 피운 하루들의 타 버린 동강이들.
그리고 지금 돌풍 소나기가
너의 발치의 시든 잎새들과
공터에서 온 신문지의
검댕이 낀 조각들을 싼다.
소나기는 쪼개진 차양(遮陽)과
굴뚝 토관(土管)을 때린다.
그리고 거리 구석에선
외로운 마차 말이 몸에서 김을 내며 발을 구른다.

그리고 다음엔 가로등 램프들의 점등(點燈).

2

아침은 의식을 회복한다,
일찍 여는 커피 노점으로 몰려가는
흙 묻은 모든 발들이

With all its muddy feet that press
To early coffee-stands.

With the other masquerades
That time resumes,
One thinks of all the hands
That are raising dingy shades
In a thousand furnished rooms.

3

You tossed a blanket from the bed,
You lay upon your back, and waited;
You dozed, and watched the night revealing
The thousand sordid images
Of which your soul was constituted;
They flickered against the ceiling.
And when all the world came back
And the light crept up between the shutters,
And you heard the sparrows in the gutters,
You had such a vision of the street
As the street hardly understands;

톱밥 짓이기는 거리로부터
희미한 김빠진 맥주 냄새를.

아침 시간이 다시 시작하는
또 다른 가장무도회 앞에서
수많은 월세방 속에서
우중충한 커튼을 올리는
모든 손들을 생각한다.

3

너는 침대에서 담요를 던지고,
너는 누워, 기다렸다.
너는 졸고, 밤이
네 영혼을 이루는 수많은 천한 이미지들을
드러내는 것을 지켜보았다.
그들은 천장에서 명멸했다.
세상이 다시 돌아와
햇빛이 덧문 사이로 기어들고
참새들이 낙수 홈통에서 재재거릴 때,
너는 거리가 이해할 수 없는
거리의 그런 모습을 보았다.

Sitting along the bed's edge, where
You curled the papers from your hair,
Or clasped the yellow soles of feet
In the palms of both soiled hands.

4

His soul stretched tight across the skies
That fade behind a city block,
Or trampled by insistent feet
At four and five and six o'clock;
And short square fingers stuffing pipes,
And evening newspapers, and eyes
Assured of certain certainties,
The conscience of a blackened street
Impatient to assume the world.

I am moved by fancies that are curled
Around these images, and cling:
The notion of some infinitely gentle
Infinitely suffering thing.

침대가에 앉아, 머리칼을 접었던
종이들을 비틀고
흙 묻은 두 손바닥으로
노란 발바닥들을 꼭 싸잡으며.

4

그의 영혼은, 도시의 한 블록 뒤로 사라지는,
혹은 네 시 다섯 시 여섯 시에
집요한 발길에 밟히는
하늘을 따라 틈새 없이 뻗어 있다.
그리고 파이프에 담배를 담는 짧고 모가 난 손가락들,
그리고 석간신문들, 그리고 어떤 확신에 의해
확신을 얻은 눈들,
세상을 떠맡으려고 조바심치는
더러워진 거리의 자각(自覺).

이들 이미지들 주위로 웅크리고, 그리고
달라붙는 심상(心像)들에 내 마음 끌린다:
어떤 한없이 순하고
한없이 아파하는 것에 대한 생각.

Wipe your hand across your mouth, and laugh;
The worlds revolve like ancient women
Gathering fuel in vacant lots.

네 손으로 입을 한 번 훔쳐라, 그리고 웃어라;
세상이 공터에서 땔감을 줍는
늙은 여인들처럼 돌고 있다.

LA FIGLIA CHE PIANGE

O quam te memorem virgo...

Stand on the highest pavement of the stair —
Lean on a garden urn —
Weave, weave the sunlight in your hair —
Clasp your flowers to you with a pained surprise —
Fling them to the ground and turn
With a fugitive resentment in your eyes:
But weave, weave the sunlight in your hair.

So I would have had him leave,
So I would have had her stand and grieve,
So he would have left
As the soul leaves the body torn and bruised,
As the mind deserts the body it has used.
I should find
Some way incomparably light and deft,
Some way we both should understand,
Simple and faithless as a smile and shake of the hand.

우는 처녀*

오 처녀여, 무어라 네 이름을 붙이랴……

계단 맨 위 보도에 서서 —
정원의 장식 항아리에 기대서서 —
머리에 깃든 햇빛으로 천을 짜요, 천을 짜 —
고통스런 놀라움으로 꽃을 끌어안아요 —
꽃을 땅바닥에 던져 버리고
눈에 정처 없는 한을 담고 돌아서요.
하나 머리에 깃든 햇빛으로 천을 짜요, 천을 짜.

이렇게 나는 그가 떠났었으면 해요.
이렇게 나는 그네가 서서 슬퍼했으면 해요.
이렇게 그는 떠났겠지요
마치 영혼이 찢겨 상처 난 육체를 떠나듯이,
마음이 자기가 사용해 버린 몸을 떠나듯이.
나는 발견하겠지요
비할 수 없이 가볍고 솜씨 좋은 방법을,
우리 둘 다 이해할 방법,
미소와 악수처럼 단순하고 믿음성 없는.

● 1911년 엘리엇이 북부 이탈리아의 한 박물관에서 찾아내려 하다 못 찾은
우는 처녀를 조각한 대리석 석판. 이탈리아어를 그대로 썼다. 제사(題詞)는
로마 시인 베르길리우스의 『아이네이스』 1권 327행. 아이네이스가 비너스에게
묻는 말.

She turned away, but with the autumn weather

Compelled my imagination many days,

Many days and many hours:

Her hair over her arms and her arms full of flowers.

And I wonder how they should have been together!

I should have lost a gesture and a pose.

Sometimes these cogitations still amaze

The troubled midnight and the noon's repose.

그네는 돌아섰어요, 하나 가을 날씨와 함께
내 상상력을 여러 날 몰아댔지요,
여러 날 여러 시간을.
그네의 팔 위로는 그네의 머리칼, 그네의 팔에는 꽃 한 아름.
그들이 헤어지지 않았다면 어찌 됐을까요!
단지 제스처 하나 포즈 하나 잃었을까요.
때로 이런 상념들이 아직
심산한 밤이나 낮의 휴식을 숨막히게 해요.

THE WASTE LAND

'Nam Sibyllam quidem Cumis ego ipse oculis meis
vidi in ampulla pendere, et cum illi pueri dicerent :
Σίβυλλα τί θέλεις; respondebat illa: ἀποθανεῖν θέλω.'

For Ezra Pound
il miglior fabbro.

황무지

"한번은 쿠마에서 나도 그 무녀가 조롱 속에 매달려 있는 것을 보았지요. 애들이 '무녀야 넌 뭘 원하니?' 물었을 때 그네는 대답했지요. '죽고 싶어.'"*

보다 나은 예술가**
에즈라 파운드에게

---

* 이 제사(題詞)는 1세기 로마 네로 황제의 궁정시인이었던 페트로니우스의 『사티리콘(*Satyricon*)』 48장 「트리말키오의 향」에서 인용한 것으로, 술 취한 김에 주인 트리말키오가 신기한 이야기를 해서 술친구들을 압도하려고 하는 장이다.
희랍신화에서 무녀(Sybil)는 앞날을 점치는 힘을 지닌 여자이다. 특히 희랍의 식민 도시였던 이탈리아 쿠마의 무녀는 유명했다. 그네는 아폴로신에게서 손안에 든 먼지만큼(『황무지』 30행 참조) 많은 햇수의 수명을 허용받았으나 그만큼의 젊음도 달라는 청을 잊고 안 했기 때문에 늙어 메말라 들어 조롱 속에 들어가 아이들의 구경거리가 된다. 죽음보다도 못한 죽은 상태의 황무지를 상징한다고 볼 수 있다.
** "보다 나은 예술가(il miglior fabbro)"는 단테가 『신곡(新曲)』 「연옥편」 26장에서 12세기 이탈리아 시인 다니엘(Arnaut Daniel)을 찬양한 문구. 혼란 상태에 있던 「황무지」의 초고를 에즈라 파운드가 약 절반의 길이로 고쳐 준 데 대한 감사의 찬사.

39

1 THE BURIAL OF THE DEAD

April is the cruellest month, breeding

Lilacs out of the dead land, mixing

Memory and desire, stirring

Dull roots with spring rain.

Winter kept us warm, covering

Earth in forgetful snow, feeding

A little life with dried tubers.

Summer surprised us, coming over the Starnbergersee

With a shower of rain; we stopped in the colonnade,

And went on in sunlight, into the Hofgarten,

And drank coffee, and talked for an hour.

Bin gar keine Russin, stamm'aus Litauen, echt deutsch.

1 죽은 자의 매장*

사월은 가장 잔인한 달**
죽은 땅에서 라일락을 키워 내고
추억과 욕정을 뒤섞고
잠든 뿌리를 봄비로 깨운다.
겨울은 오히려 따뜻했다.
잘 잊게 해 주는 눈으로 대지를 덮고
마른 구근으로 약간의 목숨을 대어 주었다.
슈타른베르거 호(湖)*** 너머로 소나기와 함께 갑자기
　　여름이 왔지요.
우리는 주랑에 머물렀다가
햇빛이 나자 호프가르텐 공원■에 가서
커피를 들며 한 시간 동안 얘기했어요.
저는 러시아인이 아닙니다. 출생은 리투아니아이지만
진짜 독일인입니다.

---

* 「죽은 자의 매장」은 영국 정교의 매장 성사인 'The Order for the Burial of the Dead'에서 나온 것임.
** 가사(假死) 상태를 오히려 원하는 현대의 주민들에게는 모든 것을 일깨우는 4월이 가장 '잔인한(cruel)' 달일 수밖에 없다. 초서(Geoffrey Chaucer, 1343~1400)의 『캔터베리 이야기』에서는 4월에 주민들이 성지순례를 떠나지만 황무지의 주민들은 8~18행에서 볼 수 있는 것처럼 쾌락의 관광 여행을 떠난다.
*** 뮌헨 근처에 있는 호수. 휴양지로 유명.
■ 뮌헨에 있는 공원.

And when we were children, staying at the arch-duke's,

My cousin's, he took me out on a sled,

And I was frightened. He said, Marie,

Marie, hold on tight. And down we went.

In the mountains, there you feel free.

I read, much of the night, and go south in the winter.

What are the roots that clutch, what branches grow

Out of this stony rubbish? Son of man,

You cannot say, or guess, for you know only

A heap of broken images, where the sun beats,

And the dead tree gives no shelter, the cricket no relief,

And the dry stone no sound of water. Only

어려서 사촌 태공 집에 머물렀을 때
썰매를 태워 줬는데 겁이 났어요.
그는 말했죠, 마리 마리* 꼭 잡아.
그러곤 쏜살같이 내려갔지요.
산에 오면 자유로운 느낌이 드는군요.
밤에는 대개 책을 읽고 겨울엔 남쪽으로 갑니다.

이 움켜잡는 뿌리는 무엇이며,
이 자갈 더미에서 무슨 가지가 자라 나오는가?
인자여, 너는 말하기는커녕 짐작도 못 하리라**
네가 아는 것은 파괴된 우상 더미뿐***
그곳엔 해가 쪼아 대고 죽은 나무에는 쉼터도 없고
귀뚜라미도 위안을 주지 않고■
메마른 돌엔 물소리도 없느니라.

---

* 마리 라리슈 백작부인의 『내 과거』가 8~18행의 기조를 이루고 있음은
밝혀진 사실이지만, 여기서 마리를 특정인으로 볼 필요는 없다. 8~18행은
휴양지에서 상류사회 사람들이 하는 의미 없는 대화로 보는 것이 더 자연스럽다.
** 구약 「에스겔」 2장 1절. "그가 내게 이르시되 인자야 일어서라. 내가 네게
말하리라." 엘리엇의 원주.
*** 「에스겔」 6장 6절. "너의 우상들이 깨어져 없어지며" 참조.
■ 「전도서」 12장 5절, 노년의 적막을 말하는 곳. "그런 자들은 높은 곳을
두려워할 것이며 길에서는 놀랄 것이며 살구나무가 꽃이 필 것이며 메뚜기도
짐이 될 것이며 원욕이 그치리니." 참조. 엘리엇의 원주.

There is shadow under this red rock,
(Come in under the shadow of this red rock),
And I will show you something different from either
Your shadow at morning striding behind you
Or your shadow at evening rising to meet you;
I will show you fear in a handful of dust.

>   *Frisch weht der Wind*
>   *Der Heimat zu*
>   *Mein Irisch Kind,*
>   *Wo weilest du?*

'You gave me hyacinths first a year ago;
They called me the hyacinth girl.'
—— Yet when we came back, late, from the hyacinth garden,
Your arms full, and your hair wet, I could not
Speak, and my eyes failed, I was neither
Living nor dead, and I knew nothing,

단지 이 붉은 바위 아래 그늘이 있을 뿐.*
(이 붉은 바위 그늘로 들어오너라)
그러면 너에게 아침 네 뒤를 따르는 그림자나
저녁에 너를 맞으러 일어서는 네 그림자와는 다른
그 무엇을 보여 주리라.
한줌의 먼지 속에서 공포를 보여 주리라.**
            바람은 상쾌하게***
            고향으로 불어요
            아일랜드의 님아
            어디서 날 기다려 주나?
"일 년 전 당신이 저에게 처음으로 히아신스■를 줬지요.
다들 저를 히아신스 아가씨라 불렀어요"
── 하지만 히아신스 정원에서 밤늦게
한 아름 꽃을 안고 머리칼 젖은 너와 함께 돌아왔을 때
나는 말도 못 하고 눈도 안 보여
산 것도 죽은 것도 아니었다.

---

* 「이사야」 32장 2절. "'의로운 왕'은 광풍이 피하는 곳, 폭우를 가리우는 곳
같을 것이며 마른땅에 냇물 같을 것이며 곤비한 땅에 큰 바위 그늘 같으리니."
참조. 여기서 '의로운 왕'은 예수를 예언한 것으로 풀이됨.
** 39쪽 제사(題詞)의 주 참조.
*** 바그너의 오페라 「트리스탄과 이졸데」 1막 5~8절. 배꾼의 아리아.
엘리엇의 원주.
■ 히아신스꽃은 풍요제에서 부활한 신의 상징이다.

Looking into the heart of light, the silence.
Ode' und leer das Meer.

Madame Sosostris, famous clairvoyante,
Had a bad cold, nevertheless
Is known to be the wisest woman in Europe,
With a wicked pack of cards. Here, said she,
Is your card, the drowned Phoenician Sailor,
(Those are pearls that were his eyes. Look!)

빛의 핵심인 정적을 들여다보며 아무것도 알 수 없었다.
"황량하고 쓸쓸합니다, 바다는."*

유명한 천리안 소소스트리스 부인은**
독감에 걸렸다. 하지만
영특한 카드*** 한 벌을 가지고
유럽에서 가장 슬기로운 여자로 알려져 있다.
이것 보세요, 그네가 말했다.
여기 당신 패가 있어요. 익사한 페니키아 수부■로군요.
(보세요, 그의 눈은 진주로 변했어요.)■■

---

* 『트리스탄과 이졸데』 3막 24절. 이졸데의 배가 오나 살펴보던 목동이 죽어 가는 트리스탄에게 하는 말. 엘리엇의 원주.
** 올더스 헉슬리(Aldous Huxley, 1894~1963)의 소설 『크롬 옐로우(*Crome Yellow*)』 27장에 가짜 점쟁이 마담 세소스트리스가 등장. 이집트식 이름. '독감에 걸렸다.'는 이 부분에 아이러니를 줌.
*** 점쟁이들이 사용하는 타로(Tarot) 카드는 모두 일흔여덟 장으로 되어 있으며 풍요제와 민화에 기원을 갖고 있다. 엘리엇의 원주에 의하면, 자신은 타로 카드의 정확한 구성을 잘 모르며 편의에 맞추어 변형시키기도 했다고 술회하고 있다. "영특한 카드"에서 "요새는 조심해야죠."까지 나오는 상징들은 1) 의식의 타락, 2) 원형적 상징물 해석의 모호함, 3) 정신 구조를 파헤치기 위한 열쇠가 되는 이미지를 제시하고 있다.
■ 풍요신의 한 전형. 여름의 죽음을 상징하기 위해 매해 그를 본뜬 상을 바다에 던진다.
■■ 셰익스피어의 『템페스트』 1막 2장, 「에어리얼의 노래」에서 인용. 익사한 자의 눈이 진주로 변했다고 함으로써 놀라운 바다의 변화력을 보여 주고 있다.

Here is Belladonna, the Lady of the Rocks,

The lady of situations.

Here is the man with three staves, and here the Wheel,

And here is the one-eyed merchant, and this card,

Which is blank, is something he carries on his back,

Which I am forbidden to see. I do not find

The Hanged Man. Fear death by water.

I see crowds of people, walking round in a ring

Thank you. If you see dear Mrs. Equitone,

Tell her I bring the horoscope myself:

One must be so careful these days.

Unreal City,

이건 벨라도나,* 암석의 여인 수상한 여인이에요.

이건 지팡이 셋 짚은 사나이,** 이건 바퀴***

이건 눈 하나밖에 없는 상인▪

그리고 아무것도 안 그린 이 패는 그가 짊어지고 가는

　　무엇인데

내가 보지 못하도록 되어 있습니다.

교살당한 사내의 패▪▪가 안 보이는군요.

물에 빠져 죽는 걸 조심하세요.

수많은 사람들이 원을 그리며 돌고 있군요.

또 오세요. 에퀴톤 부인을 만나시거든

천궁도를 직접 갖고 가겠다고 전해 주세요.

요새는 조심해야죠.

현실감 없는 도시,▪▪▪

———————

* 이탈리아어로 미인. 마리아를 연상시키기도 하고(다빈치가 그린 암석의 마돈나를 생각하라.) 벨라도나라는 이름을 지닌 눈 화장품을 연상시키기도 한다. 그리고 수상한 여인이 되어 3부의 여자를 연상시키기도 한다.

** 타로 카드에 나오는 인물. 엘리엇은 그를 멋대로 어부왕과 연결시켰다고 원주에서 밝히고 있다.

*** 운명의 바퀴.

▪ 프로필이기 때문에 눈 하나만 보인다. 3부 상인 유제니데스와 연결.

▪▪ 타로 카드에 나오는 인물. T자형의 십자가에 한쪽 다리로 매달려 있음. 식물의 재생을 위해 살해당하는 신을 상징함.

▪▪▪ 보들레르의 시 「일곱 늙은이」 참조.

Under the brown fog of a winter dawn,
A crowd flowed over London Bridge, so many,
I had not thought death had undone so many.
Sighs, short and infrequent, were exhaled,
And each man fixed his eyes before his feet.
Flowed up the hill and down King William Street,
To where Saint Mary Woolnoth kept the hours
With a dead sound on the final stroke of nine.
There I saw one I knew, and stopped him, crying :"Stetson!
'You who were with me in the ships at Mylae!

겨울 새벽의 갈색 안개 밑으로
한 떼의 사람들이 런던 교* 위로 흘러갔다.
그처럼 많은 사람을 죽음이 망쳤다고 나는 생각도 못
　　했다.**
이따금 짧은 한숨들을 내쉬며
각자 발치만 내려보면서
언덕을 넘어 킹 윌리엄 가***를 내려가
성(聖) 메리 울노스 성당이■ 죽은 소리로
드디어 아홉 시를 알리는 곳으로.
거기서 나는 낯익은 자를 만나
소리쳐서 그를 세웠다. "스테슨■■
자네 밀라에 해전■■■ 때 나와 같은 배에 탔었지!

● 템스 강에 놓인 다리. 런던 주택가에서 상업 중심가로 가려면 건너는 다리.
●● 단테의 「지옥편」 3장 55~57행 참조. 악하지도 선하지도 않던 사람의
무리. 보들레르를 논하는 자리에서 엘리엇은 악하지도 선하지도 않은
상태보다는 차라리 악한 것이 낫다고 말함. 다음 2행 역시 단테의 「지옥편」
3장 55~57행 참조.
●●● 런던 교를 건너면 나타나는 길. 금융 중심지로 들어간다.
■ 킹 윌리엄 가에 있는 성당 이름. 건축가 렌(Christoper Wren)이 설계한
성당 가운데 가장 아름다운 것으로 생각한다고 엘리엇은 원주에서
이야기하고 있다. 오전 9시는 런던 교를 건너는 군중들의 일과가 시작되는
시간이다.
■■ 아마도 흔한 사업가의 이름.
■■■ 1차 포에니 전쟁(로마와 카르타고 사이)의 해전. 1차 세계대전처럼

'That corpse you planted last year in your garden,

'Has it begun to sprout? Will it bloom this year?

'Or has the sudden frost disturbed its bed?

'O keep the Dog far hence, that's friend to men,

'Or with his nails he'll dig it up again!

'You! hypocrite lecteur! —— mon semblable, —— mon frère!"

작년 뜰에 심은 시체에 싹이 트기 시작했나?*
올해엔 꽃이 필까?
혹시 때아닌 서리가 묘상(苗床)을 망쳤나?
오오 개를 멀리하게, 비록 놈이 인간의 친구이긴 해도**
그렇잖으면 놈이 발톱으로 시체를 다시 파헤칠 걸세!
그대! 위선적인 독자여! 나와 같은 자 나의 형제여!"***

포에니 전쟁도 경제적 문제로 발생한 것이다.
* 고대 풍요제에서는 신의 형상들을 들에 묻었다. 그 풍요제가 정원
가꾸기로 바뀌었다.
** 엘리엇의 원주에 의하면 존 웹스터(John Webster, 1580~1635)의 비극
『흰 악마』 5막 4장에서 코르넬리아의 조가(弔歌). 무덤 없는 자들의 비정한
시체들을 위한 노래. "하지만 인간의 적인 늑대들을 조심하시오. 발톱으로
다시 파헤치리니."에서 '늑대'를 '개'로 '인간의 적'을 '인간의 친구'로 바꿈.
이 이미지는 풍요제의 궁극적 속화를 보여 주기도 한다. 즉 신이 뒤뜰에
묻혔다가 개가 파내는 물건들로까지 된 상태.
*** 엘리엇의 원주. 보들레르의 『악의 꽃』 서시 「독자에게」의 마지막 행.
보들레르처럼 엘리엇도 독자들에게 충격을 주어 적극적으로 시에 참여할
것을 종용하는 뜻도 있고, 독자까지 공모자로 만들려는 뜻도 있다.

2 A GAME OF CHESS

The Chair she sat in, like a burnished throne,
Glowed on the marble, where the glass
Held up by standards wrought with fruited vines
From which a golden Cupidon peeped out
(Another hid his eyes behind his wing)
Doubled the flames of sevenbranched candelabra
Reflecting light upon the table as
The glitter of her jewels rose to meet it,
From satin cases poured in rich profusion.
In vials of ivory and coloured glass
Unstoppered, lurked her strange synthetic perfumes,
Unguent, powdered, or liquied —— troubled, confused
And drowned the sense in odours; stirred by the air
That freshened from the window, these ascended
In fattening the prolonged candle-flames,

2 체스 놀이 *

그네가 앉아 있는 의자는 눈부신 옥좌처럼 ** 대리석 위에서
　빛나고, 거울이
열매 연 포도 넝쿨 아로새긴 받침대 사이에 걸려 있다
넝쿨 뒤에서 금빛 큐피드가 몰래 내다보았다
(큐피드 또 하나는 날개로 눈을 가리고)
거울은 가지 일곱 개인 촛대에서 타는 불길을 두 배로
　반사해서
테이블 위로 쏟았고, 비단 갑들로부터
잔뜩 쏟아 놓은 그네의 보석들이 그 빛을 받았다
마개 뽑힌 상아병과 색 유리병에는
이상한 합성향료들이 연고(軟膏) 분 혹은 액체로 숨어서
감각을 괴롭히고 어지럽히고 익사시켰다
향내는 창에서 신선히 불어오는 바람에 자극받아
위로 올라가 길게 늘어진 촛불들을 살찌게 하고

───────

* 이 제목은 토머스 미들턴(Thomas Middleton, 1570~1627)의 극 『체스
놀이』와 『여자는 여자를 경계하라』를 연상시킨다. 특히 후자 2막 2장에서의
체스 놀이는 며느리가 겁탈당하는 동안 보호자인 시어머니의 주의를 다른
곳으로 돌리기 위한 수단으로 사용되고 있다. 능욕당한 필로멜라 이야기가 이
테마를 다시 강조해 준다. 이 마당에서 전개되는 두 개의 장면 모두 무의미한
성의 이야기임에 유의하자.
** 엘리엇의 원주. 셰익스피어의 『앤터니와 클레오파트라』 2막 2장 190행.
"그네가 앉아 있는 거룻배는 눈부신 옥좌처럼 물 위에 빛났다."

Flung their smoke into the laquearia,
Stirring the pattern on the coffered ceiling.
Huge sea-wood fed with copper
Burned green and orange, framed by the coloured stone,
In which sad light a carvéd dolphin swam.
Above the antique mantel was displayed
As though a window gave upon the sylvan scene
The change of Philomel, by the barbarous king
So rudely forced; yet there the nightingale
Filled all the desert with inviolable voice
And still she cried, and still the world pursues,
'Jug Jug' to dirty ears.

연기를 우물반자[格天井]* 속으로 불어넣어
격자무늬를 설레게 했다.
동박(銅箔) 뿌린 커다란 바다나무는
색 대리석에 둘러싸여 초록빛 주황색으로 타고
그 슬픈 불빛 속에서 조각된 돌고래 한 마리가 헤엄치고
    있었다.
그 고풍의 벽난로 위에는
마치 숲 풍경이 내다보이는 창처럼**
저 무지한 왕에게 그처럼 무참히 능욕당한
필로멜라***의 변신 그림이 걸려 있다
ㅣ나이팅게일은 맑은 목청으로
온 황야를 채우지만,
세상 사람들은 여전히 그 짓을 계속한다.
그 울음은 더러운 귀에 "적 적"■ 소리로 들릴 뿐.

---

* 베르길리우스의 『아이네이스』 1권 726 참조. 카르타고의 여왕 디도가
아이네이스를 위해 잔치하는 장면. 부정한 사랑의 카르타고 이야기는 3부
끝머리에 나온다.
** 엘리엇의 원주. 밀턴의 『실락원』 4권 140행. 사탄의 눈으로 보는 에덴동산
묘사.
*** 오비디우스(B.C. 43~A.D. 17)의 『변신 이야기』 6권 「필로멜라」 참조.
엘리엇의 원주. 오비디우스는 희랍신화의 필로멜라가 형부 테레우스 왕에
의해 능욕당하고 혀가 잘려 결국 나이팅게일로 변한 것을 노래하고 있다.
■ 나이팅게일의 소리. 성교를 암시하는 말로도 쓰임. 비극적 신화가 천한
이야기로 변화된 상황을 보여 주는 것으로 볼 수도 있음.

57

And other withered stumps of time
Were told upon the walls; staring forms
Leaned out, leaning, hushing the room enclosed.
Footsteps shuffled on the stair.
Under the firelight, under the brush, her hair
Spread out in fiery points
Glowed into words, then would be savagely still.

'My nerves are bad to-night. Yes, bad. Stay with me.
Speak to me. Why do you never speak. Speak.
What are you thinking of? What thinking? What?
I never know what you are thinking. Think.'

I think we are in rats' alley
Where the dead men lost their bones.

'What is that noise?'
        The wind under the door.
'What is that noise now? What is the wind doing?

그 밖에도 시간의 시든 꽁초들이 벽에
그려져 있고, 노려보는 초상들은 몸을 기울여
자기들이 에워싼 방을 숙연케 했다.
층계에 신발 끄는 소리.
난로 빛을 받아, 빗질한 그네의 머리는
불의 점들처럼 흩어져 달아올라
말[言]이 되려다간 무서울 만치 조용해지곤 했다.

"오늘밤 제 신경이 이상해요. 정말 그래요. 가지 말아요.
얘기를 들려주세요. 왜 안 하죠. 하세요.
뭘 생각하세요? 무슨 생각? 무슨?
당신이 뭘 생각하는지 통 알 수 없어요. 생각해 봐요."

나는 죽은 자들이 자기 뼈를 잃은
쥐들의 골목에 우리가 있다고 생각해.[*]

"저게 무슨 소리죠?"
　　　　문 밑을 지나는 바람 소리.[**]
"지금 저건 무슨 소리죠? 바람이 무얼 하고 있죠?"

---

[*] 73쪽 「불의 설교」 195행 참조. 엘리엇의 원주.
[**] 웹스터의 극 『악마의 소송사건』 3막 2장 162행 참조. 죽은 사람으로
생각한 사람이 신음하는 소리를 들은 의사가 다른 의사에게 하는 말.

Nothing again nothing.

                                       'Do

You know nothing? Do you see nothing? Do you remember

  'Nothing?'

   I remember

Those are pearls that were his eyes.

'Are you alive, or not? Is there nothing in your head?'

                                         But

O O O O that Shakespeherian Rag —

It's so elegant

So intelligent

'What shall I do now? What shall I do?'

'I shall rush out as I am, and walk the street

With my hair down, so. What shall we do tomorrow?

What shall we ever do?'

                  The hot water at ten.

아무것도 하지 않아 아무것도.
　　　"당신은
아무것도 모르죠? 아무것도 보지 못하죠.
아무것도 기억 못 하죠?"

　나는 기억하지
그의 눈이 진주로 변한 것을.[•]
"당신 살았어요, 죽었어요? 머릿속에 아무것도 없나요?"
　　그러나
오 오 오 오 저 셰익스피이이어식 래그 재즈 ——^{••}
그것 참 우우아하고
그것 참 지(知)적이야
"저는 지금 무얼 해야 할까요? 무얼 해야 할까요?"
"지금 그대로 거리로 뛰쳐나가 머리칼을 풀어헤친 채
거리를 헤매겠어요. 내일은 무얼 해야 할까요?
도대체 무얼 해야 할까요?"
　　열 시에 온수(溫水).

<hr />

* 　47쪽 주■■ 참조.
** 　'오 오 오 오'는 셰익스피어의 오델로나 리어왕의 부르짖음 표시로, 'O'를
네 번씩 반복하였음. 래그 재즈는 1차 세계대전 후 유럽에서 유행한 것으로
싱커페이션(당김음)이 특색이다. 셰익스피어의 스펠링이 변한 것은 이
싱커페이션 흉내이다.

And if it rains, a closed car at four.
And we shall play a game of chess,
Pressing lidless eyes and waiting for a knock upon the door.

When Lil's husband got demobbed, I said —
I didn't mince my words, I said to her myself,
HURRY UP PLEASE ITS TIME
Now Albert's coming back, make yourself a bit smart,
He'll want to know what you done with that money he gave
    you
To get yourself some teeth. He did, I was there.
You have them all out, Lil, and get a nice set,
He said, I swear, I can't bear to look at you.
And no more can't I, I said, and think of poor Albert,
He's been in the army four years, he wants a good time,
And if you don't give it him, there's others will, I said.
Oh is there, she said. Someting o'that, I said.
Then I'll know who to thank, she said, and give me a straight

만일 비가 오면, 네 시에 세단 차.
그러곤 체스나 한판 두지,
경계하는 눈을 하고 문에 노크나 기다리며.*

릴의 남편이 제대했을 때 내가 말했지 —**
노골적으로 말했단 말이야.
서두르세요. 닫을 시간입니다.***
이제 앨버트가 돌아오니 몸치장 좀 해.
이 해 박으라고 준 돈 어떻게 했느냐고 물을 거야.
돈 줄 때 내가 거기 있었는걸.
죄 뽑고 참한 걸로 헤 넣으리고, 릴,
하고 앨버트가 분명히 말했는걸, 차마 볼 수 없다고.
나도 차마 볼 수가 없다고 했지. 가엾은 앨버트를 생각해 봐.
4년 동안 군대에 있었으니 재미 보고 싶을 거야.
네가 재미를 주지 않으면 다른 여자들이 주겠지.
오오 그런 여자들이 있을까, 릴이 말했어.
그럴걸, 하고 대답해 줬지.
그렇다면 고맙다고 하며 노려볼 여자를 알게 되겠군, 하고

---

* 55쪽 주● 참조.
** 여기서부터 둘째 마당 마지막까지는 술집에서 두 여자가 혹은 한 여자가
다른 여자에게 하는 대화 내지는 말로 되어 있다.
*** 바텐더가 문 닫을 시간임을 알리는 말.

look.

HURRY UP PLEASE ITS TIME

If you don't like it you can get on with it, I said.

Others can pick and choose if you can't.

But if Albert makes off, it won't be for lack of telling.

You ought to be ashamed, I said, to look so antique.

(And her only thirty one.)

I can't help it, she said, pulling a long face,

It's them pills I took, to bring it off, she said.

(She's had five already, and nearly died of young George.)

The chemist said it would all right, but I've never been the
     same.

You are a proper fool, I said.

Well, if Albert won't leave you alone, there it is, I said,

What you get married for if you don't want children?

HURRY UP PLEASE ITS TIME.

Well, that Sunday Albert was home, they had a hot gammon,

And they asked me in to dinner, to get the beauty of it hot ——

HURRY UP PLEASE ITS TIME.

HURRY UP PLEASE ITS TIME.

Goonight Bill. Goonight Lou. goonight May. Goonight.

릴이 말했지.

서두르세요, 닫을 시간입니다.
그게 싫다면 좋을 대로 해봐, 하고 말했지.
네가 못하면 다른 년들이 할 거야.
혹시 앨버트가 널 버리더라도 내가 귀띔 안 한 탓은 아냐.
그처럼 늙다리로 보이는 게 부끄럽지도 않니? 하고 말했지.
(걔는 아직 서른한 살인걸.)
할 수 없지, 쓸쓸한 표정을 지으며 릴이 말했어.
애를 떼기 위해 먹은 환약 때문인걸.
(걔는 벌써 애가 다섯, 마지막 조지를 낳을 땐 죽다 살았지.)
약제사는 괜찮을 거라고 했지만 그 뒤론 전과 같지 않아.
넌 정말 바보야, 하고 쏘아 줬지.
그래 앨버트가 널 가만두지 않는다면 어떡하지.
애를 원치 않는다면 결혼은 왜 했어?
서두르세요. 닫을 시간입니다.
그런데 앨버트가 돌아온 일요일 따뜻한 햄 요리를 하곤
나를 불러 제대로 맛보게 했지.
서두르세요. 닫을 시간입니다.
서두르세요. 닫을 시간입니다.
빌 안녕. 루 또 보자. 메이 안녕. 안녕.

Ta ta. Goonight. Goonight.

Good night, ladies, good night, sweet ladies, good night, good
night.

탁탁, 안녕. 안녕,
안녕, 부인님들, 안녕, 아름다운 부인님들, 안녕 안녕.[*]

---

[*] 오필리어가 물에 빠져 죽기 전에 하는 인사말. 『햄릿』 4막 5장 참조.

3 THE FIRE SERMON

The river's tent is broken; the last fingers of leaf
Clutch and sink into the wet bank. The wind
Crosses the brown land, unheard. The nymphs are departed.
Sweet Thames, run softly, till I end my song.
The river bears no empty bottles, sandwich papers,
Silk handkerchiefs, cardboard boxes, cigarette ends
Or other testimony of summer nights. The nymphs are
    departed
And their friends, the loitering heirs of city directors;
Departed, have left no addresses.

3 불의 설교*

강의 천막은 찢어졌다,** 마지막 잎새의 손가락들이
젖은 둑을 움켜쥐며 가라앉는다.
바람은 소리 없이 갈색 땅을 가로지른다.
님프들이 떠나갔다.
고이 흐르라, 템스 강이여, 내 노래 끝낼 때까지.***
강물 위엔 빈 병도, 샌드위치 쌌던 종이도
명주 손수건도, 마분지 상자도 담배꽁초도
그 밖의 다른 여름밤의 증거품 아무것도 없다.
님프들은 떠나갔다. 그리고
그네들의 친구들, 빈둥거리는 중역 자제들도
떠나갔다, 주소를 남기지 않고.

---

* 물이 정화시키는 힘과 익사시키는 힘을 동시에 갖고 있는 것처럼 불도
정화시키는 힘과 태워 없애는 힘을 동시에 갖고 있다. 「불의 설교」는 부처가
인간을 파괴하고 재생을 막는 정욕의 불에 대해 설교한 것이다. 현대적인
설교 장소는 템스 강변, 즉 런던이다.
** 시각이 주는 이미지만을 생각한다면 천막처럼 위를 덮고 있던 나뭇잎이
가을에 졌다는 뜻임. 그러나 구약성경에 의하면 유목민인 유태인들이
천막을 성소로 사용했으므로 성소가 무너졌다는 뜻이 될 수도 있음. 또는
일반적으로 여자의 순결이 깨졌음을 뜻할 수도 있음.
*** 에드먼드 스펜서(Edmund Spenser, 1552~1599)의 「축혼가」의 후렴.
결혼을 축하하는 장소도 템스 강임. 그러나 쓰레기가 널린 오늘날의 템스
강과는 다름.

By the waters of Leman I sat down and wept...

Sweet Thames, run softly till I end my song,

Sweet Thames, run softly, for I speak not loud or long.

But at my back in a cold blast I hear

The rattle of the bones, and chuckle spread from ear to ear.

A rat crept softly through the vegetation

Dragging its slimy belly on the bank

While I was fishing in the dull canal

On a winter evening round behind the gashouse

Musing upon the king my brother's wreck

And on the king my father's death before him.

레먼 호숫가에 앉아 나는 울었노라.*

고이 흐르라, 템스 강이여, 내 노래 끝낼 때까지.

고이 흐르라, 템스 강이여, 내 크게도 길게도 말하지
　　않으리니.

하나 등 뒤의 일진냉풍 속에서 나는 듣는다.**

뼈들이 덜컹대는 소리와 입이 찢어지도록 낄낄거리는
　　소리를.

어느 겨울 저녁 가스 공장 뒤를 돌아

음산한 운하에서 낚시질을 하며***

형왕의 난파■와 그에 앞서 죽은 부왕의 생각에 잠겨 있을 때,

쥐 한 마리가 흙투성이 배를 끌면서

강둑 풀밭을 슬며시 기어갔다.

---

* 　구약 「시편」 137편 1절. "우리가 바빌론 강변에 앉아 시온을 생각하고
울었노라." 참조. 레먼 호는 제네바 호의 프랑스식 이름. 이곳에서 엘리엇은
『황무지』의 많은 부분을 썼다. 한편 레먼(leman)이 첩이나 창녀라는 말로도
쓰이므로 욕정과의 관계도 갖고 있다.

** 　마벨의 「수줍은 애인에게」의 1절. "하나 등 뒤로 나는 항상 듣는다
시간의 날개 달린 전차가 가까이 달려오는 소리를." 엘리엇의 원주.

*** 　물고기를 잡는 것은 영원과 구원을 찾는 일임(어부왕 참조). 그러나 이
행위는 이제 속화되어 버렸음.

■ 『템페스트』 1막 2장. 페르디난도가 아버지를 생각하는 장면. "둑 위에 앉아
부왕의 난파를 슬퍼했노라." 참조. 엘리엇의 원주.

White bodies naked on the low damp ground
And bones cast in a little low dry garret,
Rattled by the rat's foot only, year to year.
But at my back from time to time I hear
The sound of horns and motors, which shall bring
Sweeney to Mrs. Porter in the spring.
O the moon shone bright on Mrs. Porter
And on her daughter
They wash their feet in soda water
Et O ces voix d'enfants, chantant dans la coupole!

흰 시체들이 발가벗고 낮고 습기 찬 땅속에
뼈들은 조그맣고 낮고 메마른 다락에 버려져서
해마다 쥐의 발에만 차여 덜그덕거렸다.
하나 등 뒤에서 나는 때로 듣는다.
클랙슨 소리와 엔진 소리를, 그 소리는
스위니를 샘물 속에 있는 포터 부인에게 데려가리라.[*]
오 달빛이 포터 부인과
그네의 딸 위로 쏟아진다.
그들은 소다수에 발을 씻는다.[**]
그리고 오 둥근 천장 속에서 합창하는 아이들의
　　노랫소리여![***]

---

[*] 엘리엇의 원주. 존 데이(1574~1640)의 극 『벌들의 회의』. "갑자기 귀를
기울이면 들으리/ 나팔 소리와 사냥감 쫓는 소리/ 그것은 악타이온을 샘물
속에 있는 다이애나에게 데려가리라/ 거기서 모두들 그네의 벌거벗은 살을
보리라." 다이애나가 목욕하는 것을 본 악타이온은 사슴으로 변해 동료들에
의해 죽임을 당한다. 그러나 위의 희랍신화와는 달리 현대의 악타이온 스위니
씨는 다른 운명을 맞는다.
[**] 1차 세계대전 중 오스트레일리아 병사들 간에 유행한 노래. 원주에서
엘리엇은 출처가 선명하지 않음을 술회하고 있다.
[***] 엘리엇의 원주. 베를렌(Paul Verlaine, 1844~1896)의 시 「파르시팔」의
마지막 행. 부상당한 암포르타스(어부왕)에게 내린 저주를 기사 파르시팔이
벗겨 주기 전 발을 씻는 예식에서 소년들이 합창함. 바그너 작곡의 「파르시팔」
참조.

Twit twit twit

Jug jug jug jug jug jug

So rudely forc'd.

Tereu

Unreal City

Under the brown fog of a winter noon

Mr. Eugenides, the Smyrna merchant

Unshaven, with a pocket full of currants

C.i.f. London: documents at sight,

Asked me in demotic French

To luncheon at the Cannon Street Hotel

Followed by a weekend at the Metropole.

At the violet hour, when the eyes and back

Turn upward from the desk, when the human engine waits

Like a taxi throbbing waiting,

투윗 투윗 투윗
저 저 저 저 저 저
참 난폭하게 욕보았네
테류.*

현실감 없는 도시
겨울 낮의 갈색 안개 속에서
스미르나 상인** 유게니데스 씨는
수염도 깎지 않고 포켓엔 보험료 운임 포함 가격의
건포도 일람 증서를 가득 넣고 속된 불어로
나에게 캐논 스트리트 호텔에서*** 점심을 먹고
주말을 메트로폴 호텔■에서 보내자고 청했다.

보랏빛 시간, 눈과 등이
책상에서 일어나고 인간의 내연기관이
택시처럼 털털대며 기다릴 때,

---

* 테류는 필로멜라를 능욕한 테레우스의 호격.
** 스미르나는 터키 서부에 있는 항구. 이곳 상인들은 고대의 신비한 의식을 퍼뜨렸다. 오늘날의 의식은 메트로폴 호텔에서 보내는 주말로 되었다.
*** 유럽 대륙과 거래하는 상인들이 자주 가던 호텔.
■ 영국 남안 브라이튼 시에 있는 호텔. "주말을 메트로폴에서"라는 말은 당시 성적인 낌새가 많은 말이었다.

I Tiresias, though blind, throbbing between two lives,
Old man with wrinkled female breasts, can see
At the violet hour, the evening hour that strives
Homeward, and brings the sailor home from sea,
The typist home at teatime, clears her breakfast, lights
Her stove, and lays out food in tins.
Out of the window perilously spread
Her drying combinations touched by the sun's last rays,
On the divan are piled (at night her bed)
Stockings, slippers, camisoles, and stays.
I Tiresias, old man with wrinkled dugs
Perceived the scene, and foretold the rest ——

비록 눈이 멀고 남녀 양성 사이에서 털털대는
시든 여자 젖을 지닌 늙은 남자인 나 티레지아스*는 볼 수
　　있노라.
보랏빛 시간, 귀로를 재촉하고
뱃사람을 바다로부터 집에 데려오는 시간**
차(茶) 시간에 돌아온 타이피스트가 조반 설거지를 하고
스토브를 켜고 깡통 음식을 늘어놓는 것을.
창밖으로 마지막 햇살을 받으며 마르고 있는
그네의 콤비네이션 속옷이 위태롭게 널려 있다.
(밤엔 그네의 침대가 되는) 긴 의자 위엔
양말 짝들, 슬리퍼, 하의, 코르셋이 쌓여 있다.
시든 젖이 달린 늙은 남자 나 티레지아스는
이 장면을 보고 나머지는 예언했다 ―

---

* 희랍신화에 등장하는 남녀 양성의 인물. 헤라에 의해 눈이 멀었으나
제우스에 의해 예언하는 힘을 얻게 되었다. 엘리엇의 원주는 다음과 같다.
"티레지아스는 단순한 방관자이고 등장인물은 아니지만, 이 시에서 가장
중요한 인물로 기타의 모든 인물들을 통합하고 있다. 마치 외눈박이 건포도
상인이 페니키아 수부로 융합되고 다시 그 수부가 나폴리 왕자 페르디난도와
완전히 구분되지 않는 것처럼, 모든 여자는 한 여자이고 남녀 양성은
티레지아스 속에서 만난다. 티레지아스가 '관찰하는' 것이 사실상 이 시의
내용이다."
** "희랍 어류 시인 사포(Sappho, B.C. 612?~?)의 시행과 꼭 같지는 않으나
나는 해 질 무렵에 돌아오는 '근해 어부' 또는 '평저 어선' 어부를 생각했다."
엘리엇의 원주.

I too awaited the expected guest.

He, the young man carbuncular, arrives,

A small house agent's clerk, with one bold stare,

One of the low on whom assurance sits

As a silk hat on a Bradford millionaire.

The time is now propitious, as he guesses,

The meal is ended, she is bored and tired,

Endeavours to engage her in caresses

Which still are unreproved, if undesired.

Flushed and decided, he assaults at once;

Exploring hands encounter no defence;

His vanity requires no response,

And makes a welcome of indifference.

(And I Tiresias have foresuffered all

Enacted on this same divan or bed;

I who have sat by Thebes below the wall

And walked among the lowest of the dead.)

Bestows one final patronising kiss,

And gropes his way, finding the stairs unlit...

나 또한 놀러 올 손님을 기다렸다.
이윽고 그 여드름투성이의 청년이 도착한다.
군소 가옥 중개소 사원, 당돌한 눈초리,
하류 출신이지만 브래드퍼드 백만장자의* 머리에 놓인
실크 모자처럼 뻔뻔스러움을 지닌 젊은이.
식사가 끝나고 여자는 지루하고 노곤해 하니
호기라고 짐작하고 그는 그네를 애무하려 든다.
원치 않지만 내버려 둔다.
얼굴 붉히며 결심한 그는 단숨에 달려든다.
더듬는 두 손이 아무런 저항도 받지 않는다.
잘난 체하는 그는 반응을 필요로 하지 않아
그네의 무관심을 환영으로 여긴다.
(나 티레지아스는 바로 이 긴 의자 혹은 침대 위에서
행해진 모든 것을 이미 겪었노라.
나는 테베 시의 성벽** 밑에 앉기도 했고
가장 비천한 죽은 자들 사이를 걷기도 했느니라.)
그는 생색내는 마지막 키스를 해 주고
더듬으며 층계를 내려간다, 불 꺼진 층계를……

---

* 요크셔에 있는 모직 도시. 1차 세계대전 후 많은 갑부가 생겨났다.
** 고대 희랍 도시. 티레지아스는 이 도시에서 여러 세대 동안 살며
예언했다. 그가 그곳에 있는 동안 오이디푸스 왕의 비극이 있었다.

She turns and looks a moment in the glass,
Hardly aware of her departed lover;
Her brain allows one half-formed thought to pass:
'Well now that's done: and I'm glad it's over.'
When lovely women stoops to folly and
Paces about her room again, alone,
She smoothes her hair with automatic hand,
And puts a record on the gramophone.

'This music crept by me upon the waters'
And along the Strand, up Queen Victoria Street.
O City city, I can sometimes hear
Beside a public bar in Lower Thames Street,
The pleasant whining of a mandoline
And a clatter and a chatter from within

그네는 돌아서서 잠시 거울을 들여다본다.
애인이 떠난 것조차 거의 의식하지 않는다.
머릿속에는 어렴풋한 생각이 지나간다.
'흥 이제 일을 다 치뤘으니 좋아.'
사랑스런 여자가 어리석은 일을 저지르고*
혼자서 방을 거닐 때는
무심한 손으로 머리칼을 쓰다듬고
축음기에 판을 하나 건다.

"이 음악이 물결을 타고 내 곁으로 기어 와"**
스트랜드 가(街)를 따라 퀸 빅토리아 가(街)로 따라왔다.
오 도시 도시여, 나는 때로 듣는다.
로워 템스 가(街)***의 술집 옆에서
달콤한 만돌린의 흐느끼는 소리와
생선 다루는 노동자들이 쉬며 안에서

---

* 골드스미스(Oliver Goldsmith, 1730~1774)의 소설 『웨이크필드의 목사』 중의 노래. 여주인공 올리비아는 과거에 유혹받은 장소에 와서 노래 부른다. "사랑스런 여자가 어리석은 일을 저지르고 남자가 배반한다는 사실을 너무 늦게 알았을 때 어떤 마술이 그네의 슬픔을 덜어 주랴." 그리고 '죽는 길'이 있음을 노래한다. 현대의 올리비아는 축음기를 튼다.
** 『템페스트』 1막 2장의 페르디난도의 말. 71쪽 주*** 참조. 「형왕의 난파」 다음에 이어지는 구.
*** 런던 교 부근에 있는 거리 이름.

Where fishmen lounge at noon: where the walls
Of Magnus Martyr hold
Inexplicable splendour of Ionian white and gold.

    The river sweats
    Oil and tar
    The barges drift
    With the turning tide
    Red sails
    Wide
    To leeward, swing on the heavy spar.

떠들어 대며 지껄이는 소리를. 그곳에는
마그누스 마르티르 성당의 벽이*
이오니아풍(風)의 흰빛 금빛 형언할 수 없는 화려함을
　　지니고 있다.

강은 땀 흘린다**
기름과 타르로
거룻배들은 썰물을 타고
흘러간다.
붉은 돛들이 활짝
육중한 돛대 위에서
바람 반대편으로 돌아간다

---

* 이 부분의 몇 행은 "달콤한 음악"과 일하고 쉬는 "생선 다루는 노동자",
그리고 성당 내부의 찬란함이 진정한 가치의 세계를 암시하고 있다. 즉 노동과
휴식이 모두 절실하고 종교적 의미와의 관련 아래 일어나고 있는 것이다.
그러나 이것은 거의 사라져 버린 세계가 순간적으로 보여 주는 것이다.
** 세 템스 강 처녀들의 노래는 여기서 시작된다. 192행, 즉 "전차와 먼지
뒤집어쓴 나무들"부터 "아무 기대도 없는"까지 그들은 교대로 이야기한다.
이들의 이야기는 두 번 반복되는 "웨이얄랄라……" 바그너의 후렴에 의해
대조된다. 이 후렴은 바그너의 오페라 『니벨룽겐의 반지』의 4부 「신들의 황혼」
3막 1장에서 라인 강의 처녀들이 부르는 것으로, 라인 강의 황금이 도난당한
후 라인 강의 아름다움이 사라졌으나 곧 그것을 다시 찾을 것을 기대하며
부르는 노래이다.

The barges wash
Drifting logs
Down Greenwich reach
Past the Isle of Dogs.

    Weialala leia
    Wallala leialala

Elizabeth and Leicester
Beating oars
The stern was formed
A gilded shell
Red and gold
The brisk swell
Rippled both shores
Southwest wind
Carried down stream
The peal of bells

거룻배들은 떠 있는
통나무들을 헤치고
개 섬[島]*을 지나
그리니치 하구로 내려간다.
　　웨이얼랄라 레이어
　　월랄라 레이얼랄라

엘리자베스 여왕과 레스터 백작**
역풍에 젓는 노
고물은
붉은빛 금빛 물들인
조개껍질
힘차게 치는 물결은
양편 기슭을 잔무늬로 꾸미고
남서풍은
하류로 가지고 갔다.
노래하는 종소리를,

---

* 　개 섬[島]은 런던 중심가로부터 약간 하류에 있는 반도. 첫 마디의 '개'의
모티프를 상기시킨다. 그리니치는 개 섬 건너편의 강변.
** 　엘리자베스 여왕(셰익스피어 시대)과 레스터 백작은 서로 연애하는
사이였다고 알려져 있다. 프로드의 『영국사』 7권 349쪽 참조. 이들은 다른
사람들이 있는 가운데 템스 강 뱃놀이를 즐겼으며, 그리니치 하구 근처에
있는 그리니치 저택에서 여왕이 레스터를 접견하기도 했다.

White towers
     Weialala leia
     Wallala leialala

'Trams and dusty trees.
Highbury bore me. Richmond and Kew
Undid me. By Richmond I raised my knees
Supine on the floor of a narrow canoe.'

'My feet are at Moorgate, and my heart
Under my feet. After the event
He wept. He promised a "new start."
I made no comment. What should I resent?'

'On Margate Sands.
I can connect
Nothing with nothing.

하얀 탑들을,
　　웨이얼랄라 레이어
　　월랄라 레이얼랄라

"전차(電車)와 먼지 뒤집어쓴 나무들
하이베리가 저를 낳고 리치몬드와 큐가
저를 망쳤어요.* 리치몬드에서 저는 좁은 카누 바닥에 누워
　　두 무릎을 추켜올렸어요"

"저의 발은 무어게이트에,** 마음은
발밑에 있습니다. 그 일이 있은 뒤
그는 울었습니다. 그는 '새 출발'을 약속했으나
저는 아무 말도 안 했습니다. 무엇을 원망해야 할까요?"

"마게이트*** 모래밭.
저는 하찮은 사람에서 사람으로
옮겨 다녔어요.

---

* 엘리엇의 원주. 단테의 「연옥편」 5장 33행. "저 라피아를 기억해 주세요/
시에나가 저를 낳고 마렘마가 저를 망쳤어요."에 대한 풍자적 개작.
하이베리는 런던 교외의 저택가. 리치몬드와 큐는 보트장과 호텔로 유명한
템스 강변의 지명.
** 동부 런던의 빈민가.
*** 템스 강 하구의 해변 휴양지.

The broken fingernails of dirty hands.
My people humble people who expect
Nothing.'
              la la

To Carthage then I came

Burning burning burning burning
O Lord Thou pluckest me out
O Lord Thou pluckest

burning

더러운 두 손의 찢긴 손톱.
제 집안 사람들은 불쌍한 사람들
아무 기대도 없는"
　　　　랄라

카르타고로 그때 나는 왔다.*

불이 탄다 탄다 탄다 탄다.**
오 주여 당신이 저를 건지시나이다.***
오 주여 당신이 건지시나이다.

탄다.

---

*　엘리엇의 원주. 성 아우구스티누스의 『참회록』 3부 1장. "카르타고로 그때
나는 왔다. 한 가마의 사악한 사랑이 내 귓전에서 온통 끓어 대는 곳으로."
**　엘리엇의 원주에 의하면 부처의 「불의 설교」에 근거한 것이다. 「불의
설교」는 그 중요성으로 볼 때 「마태복음」 5장 7절에 나오는 예수의 산상
수훈에 맞먹는다. 헨리 클라크 워런의 『번역된 불교』(하버드 동양 총서,
1896)의 「불의 설교」 부분은, "모든 것은 불탄다. 형태도 타고 눈으로 받은
인상도 탄다. 즐겁고 불쾌한 혹은 무관한 어떤 감각도 눈으로 받은 인상에
의해서 생기며 그것 또한 탄다."
***　『참회록』에서. 부처와 성 아우구스티누스, 즉 동양과 서양의 대표적
금욕주의자들을 이 마당의 극점으로 나란히 놓은 것은 의도적인 배려였음을
엘리엇은 원주에서 밝히고 있다.

4 DEATH BY WATER

Phlebas the Phoenician, a fortnight dead,
Forgot the cry of gulls, and the deep sea swell
And the profit and loss.
                                  A current under sea
Picked his bones in whispers. As he rose and fell
He passed the stages of his age and youth
Entering the whirlpool.
                                  Gentile or Jew
O you who turn the wheel and look to windward,
Consider Phlebas, who was once handsome and tall as you.

4 수사(水死)*

페니키아 사람 플레바스는 죽은 지 2주일
갈매기 울음소리도 깊은 바다 물결도
이익도 손실도 잊었다.
　　　　　바다 밑의 조류가
소근대며 그의 뼈를 추렸다. 솟구쳤다 가라앉을 때
그는 노년과 청년의 고비들을 다시 겪었다.
소용돌이로 들어가면서.
　　　　　이교도이건 유태인이건**
오 그대 키를 잡고 바람 부는 쪽을 내다보는 자여
플레바스를 생각하라, 한때 그대만큼 미남이었고 키가 컸던
　　그를

---

* 첫째 마디에서 소소스트리스 부인이 예언한 페니키아 수부의 익사가
이루어진다.
** 즉 인간이면 누구나 다.

5 WHAT THE THUNDER SAID

After the torchlight red on sweaty faces
After the frosty silence in the gardens
After the agony in stony places
The shouting and the crying
Prison and palace and reverberation
Of thunder of spring over distant mountains
He who was living is now dead
We who were living are now dying
With a little patience

Here is no water but only rock
Rock and no water and the sandy road
The road winding above among the mountains

5 천둥이 한 말[*]

땀 젖은 얼굴들을^{**} 붉게 비춘 횃불이 있은 이래
동산에 서리처럼 하얀 침묵이 있은 이래
돌 많은 곳의 고뇌가 있은 이래
아우성 소리와 울음소리
옥(獄)과 궁궐(宮闕)
먼 산을 넘어오는 봄 천둥의 울림
살아 있던 그는 지금 죽었고
살아 있던 우리는 지금 죽어 간다
약간씩 견디어 내면서

여기는 물이 없고 다만 바위뿐
바위 있고 물은 없고 모랫길뿐
길은 구불구불 산들 사이로 오르고

---

* 비를 기다리는 황무지에 비를 몰아오는 천둥의 소리이다. 이 마디의 첫
부분은 세 개의 테마로 구성되어 있다. 즉 「누가복음」 2장 13~31절에 기록된
에마우스로 가는 여행(두 제자가 예수가 부활한 날 에마우스로 간다. 도중에
한 사람이 끼어들지만 저녁 식사 때까지 그가 부활한 예수임을 모른다.)과
제시 웨스턴(Jessie L. Weston, 1850~1928)의 저서에 나오는 위험 성당에의
접근, 그리고 현재 동부 유럽의 피폐상. 엘리엇의 원주.
** 다음 몇 행은 예수의 체포와 재판, 겟세마네 동산과 골고다 언덕에 대한
암시를 갖고 있으며, 예수가 처형당한 금요일부터 부활한 일요일, 즉 십자가와
부활 사이의 절망적인 상황을 나타내 주고 있다. 그것은 어부왕이 죽은 후
황무지에 내린 절망과 연결된다.

Which are mountains of rock without water
If there were water we should stop and drink
Amongst the rock one cannot stop or think
Sweat is dry and feet are in the sand
If there were only water amongst the rock
Dead mountain mouth of carious teeth that cannot spit
Here one can neither stand nor lie nor sit
There is not even silence in the mountains
But dry sterile thunder without rain
There is not even solitude in the mountains
But red sullen faces sneer and snarl
From doors of mudcracked houses
                    If there were water
    And no rock
    If there were rock
    And also water
    And water
    A spring
    A pool among the rock
    If there were the sound of water only
    Not the cicada

산들은 물이 없는 바위산
물이 있다면 발을 멈추고 목을 축일 것을
바위 틈에서는 멈출 수도 생각할 수도 없다
땀은 마르고 발은 모래 속에 파묻힌다
바위 틈에 물만 있다면
침도 못 뱉는 썩은 이빨의 죽은 산 아가리
여기서는 설 수도 누울 수도 앉을 수도 없다
산속엔 정적마저 없다
비를 품지 않은 메마른 불모의 천둥이 있을 뿐
산속엔 고독마저 없다
금 간 흙벽집들 문에서
시뻘겋게 성난 얼굴들이 비웃으며 으르렁댈 뿐
　　만일 물이 있고
　바위가 없다면
　만일 바위가 있고
　물도 있다면
　물
　샘물
　바위 사이에 물웅덩이
　다만 물소리라도 있다면
　매미 소리도 아니고

And dry grass singing

But sound of water over a rock

Where the hermit-thrush sings in the pine trees

Drip drop drip drop drop drop drop

But there is no water

Who is the third who walks always beside you?

When I count, there are only you and I together

But when I look ahead up the white road

There is always another one walking beside you

Gliding wrapt in a brown mantle, hooded

I do not know whether a man or a woman

—— But who is that on the other side of you?

마른 풀잎 소리도 아닌
바위 위로 흐르는 물소리가 있다면
티티새*가 소나무 숲에서 노래하는 곳
뚝뚝 똑똑 뚝뚝 또로록 또로록
하지만 물이 없다

항상 당신 옆에서 걷고 있는 제삼자는 누구요?**
세어 보면 당신과 나 둘뿐인데
내가 이 하얀 길을 내다보면
당신 옆엔 언제나 또 한 사람이
갈색 망토를 휘감고 소리 없이 걷고 있어,
두건을 쓰고 있어
남자인지 여자인지는 알 수 없으나
— 하여간 당신 곁에 있는 사람은 누구요?

---

* 물방울 듣는 소리 흉내를 잘 내는 새.
** 엘리엇의 원주. "다음 몇 행은 남극 탐험대의 이야기에 자극을 얻어 쓴
것이다. 어느 탐험인지는 잊었으나 아마 어니스트 헨리 섀클턴의 탐험 가운데
하나로 생각된다. 탐험대원들이 극도로 피로했을 때 실제 그들의 수효보다
'한 사람이 더 있다.'는 환상이 끊임없이 따라다녔다고 한다." 또한 이 부분은
엠마우스로 가는 여행을 상기시켜 준다.

What is that sound high in the air
Murmur of maternal lamentation
Who are those hooded hordes swarming
Over endless plains, stumbling in cracked earth
Ringed by the flat horizon only
What is the city over the mountains
Cracks and reforms and bursts in the violet air
Falling towers
Jerusalem Athens Alexandria
Vienna London
Unreal

A woman drew her long black hair out tight
And fiddled whisper music on those strings

공중 높이 들리는 저 소리는 무엇인가*
어머니의 비탄 같은 흐느낌 소리
평평한 지평선에 마냥 둘러싸인
갈라진 땅 위를 비틀거리며 끝없는 벌판 위로 떼 지어 오는
저 두건 쓴 무리는 누구인가
저 산 너머 보랏빛 하늘 속에
깨어지고 다시 세워졌다가 또 터지는 저 도시는 무엇인가
무너지는 탑들
예루살렘 아테네 알렉산드리아
비엔나 런던
현실감이 없는

한 여인이 자기의 길고 검은 머리칼을 팽팽히 당겨**
그 현(絃) 위에 가냘픈 곡조를 타고,

---

* 이 연은 헤르만 헤세의 「혼돈 속을 보다」 참조. "유럽의 반 부분, 적어도
동구의 반이 혼돈으로 가는 중이다. 성스러운 망상에 취하여 절벽 끝을
따라 달리며 취해서 노래 부른다. 마치 찬송을 부르듯이 마치 드미트리
카라마조프(도스토예프스키의 『카라마조프 가의 형제들』)가 노래한 것처럼.
이 노래를 듣고 기분 상한 부르주아들은 조소하지만, 성자와 예언자는
눈물을 흘리며 듣는다." 엘리엇의 원주.
** 엘리엇에 의하면 이 연에 사용된 몇몇 세부 사항은 15세기 폴란드
화가인 히에로니무스 보슈(Hieronymus Bosch, 1450년경~1516)의 그림에서
영감을 얻은 것이다. 성배 전설의 중세판들에 의하면 위험 성당은 기사의
용기를 시험하기 위하여 악귀의 영상들로 채워져 있었다고 한다.

And bats with baby faces in the violet light
Whistled, and beat their wings
And crawled head downward down a blackened wall
And upside down in air were towers
Tolling reminiscent bells, that kept the hours
And voices singing out of empty cisterns and exhausted wells.

In this decayed hole among the mountains
In the faint moonlight, the grass is singing
Over the tumbled graves, about the chapel
There is the empty chapel, only the wind's home.
It has no windows, and the door swings,
Dry bones can harm no one.
Only a cock stood on the rooftree
Co co rico co co rico
In a flah of lightning. Then a damp gust
Bringing rain

Ganga was sunken, and the limp leaves
Waited for rain, while the black clouds

어린애 얼굴들을 한 박쥐들이 보랏빛 황혼 속에서
휘파람 소리를 내며 날개 치며
머리를 거꾸로 하고 시커먼 벽을 기어 내려갔다
공중엔 탑들이 거꾸로 서 있고
추억을 불러일으키는 종을 울린다, 시간을 알렸던 종소리
그리고 빈 물통과 마른 우물에서 노래하는 목소리들.

산속의 이 황폐한 골짜기
희미한 달빛 속에서 풀들이 노래하고 있다
무너진 무덤들 너머 성당 주위에서,
단지 빈 성당이 있을 뿐, 단지 바람의 집이 있을 뿐.*
성당엔 창이 없고 문은 삐걱거린다
마른 뼈들이 사람을 해칠 수는 없지.
단지 지붕마루에 수탉 한 마리가 올라
꼬꾜 꼬꾜 꼬꾜**
번쩍하는 번개 속에서. 그러자 비를 몰아오는
일진(一陣)의 습풍(濕風).

갠지스 강은 바닥이 나고 맥없는 잎들은
비를 기다렸다. 먹구름은

---

* 이 아무것도 없다는 환상은 기사에 대한 마지막 시험이다.
** 닭 울음소리는 유령과 악령들이 떠나감을 나타내 준다.

Gathered far distant, over Himavant.

The jungle crouched, humped in silence.

Then spoke the thunder

DA

Datta : what have we given?

My friend, blood shaking my heart

The awful daring of a moment's surrender

Which an age of prudence can never retract

By this, and this only, we have existed

Which is not to be found in our obituaries

Or in memories draped by the beneficent spider

Or under seals broken by the lean solicitor

In our empty rooms

DA

멀리 히말라야 산봉 너머 모였다.

밀림은 말없이 쭈그려 앉았다.

그러자 천둥이 말했다

다*

다타(주라): 우리는 무엇을 주었던가?

친구여, 내 가슴을 흔드는 피

한 시대의 사려분별로도 취소할 수 없는

한 순간의 굴복, 그 엄청난 대담,

이것으로 이것만으로 우리는 존재해 왔다.

그것은 죽은 자의 약전에서도

자비스런 거미가 덮은 죽은 자의 추억에서도**

혹은 텅 빈 방에서

바싹 마른 변호사가 개봉하는 유언장 속에도

찾을 수 없다.

다

---

* 『우파니샤드』5의 1 「브리하다란야카」에 실린 설화. 신들과 인간 그리고 악귀들이 차례로 자기들의 부친인 프라야파티에게 물었다. "저희에게 말하소서." 그들에게 프라야파티는 각각 한 음절의 '다'로 답했다. 각 무리들은 그것을 각기 다른 말로 해석했다. 즉 '다타(주라)', '다야드밤(공감하라)', '담야타(자제하라)'로. 설화는 "이것이 신의 소리인 천둥이 다다다 할 때 말하는 것이다."라고 전하고 있다.

** 웹스터의 『흰 악마』5막 4장. "그들은 재혼하리라. 벌레가 너의 수의를 좀 슬기도 전에. 거미가 너의 비명에 얇은 그물을 치기도 전에." 엘리엇의 원주.

Dayadhvam : I have heard the key

Turn in the door once and turn once only

We think of the key, each in his prison

Thinking of the key, each confirms a prison

Only at nightfall, aethereal rumours

Revive for a moment a broken Coriolanus

DA

Damyata . The boat responded

Gaily, to the hand expert with sail and oar

The sea was calm, your heart would have responded

Gaily, when invited, beating obedient

다야드밤(공감하라): 나는 언젠가 문에서
열쇠가 돌아가는 소리를 들었다.* 단 한 번 돌아가는 소리.
각자 자기 감방에서 우리는 그 열쇠를 생각한다.
열쇠를 생각하며 각자 감옥을 확인한다.
다만 해 질 녘에는 영묘한 속삭임이 들려와
잠시 몰락한 코리올라누스**를 생각나게 한다.
다
담야타(자제하라): 보트는 경쾌히
응했다, 돛과 노에 익숙한 사람의 손에.
바다는 평온했다. 그대의 마음도 경쾌히 응했으리라
부름을 받았을 때, 통제하는 손에

---

* 「지옥편」 33장 46행. 우골리노는 아이들과 함께 탑에 갇혀 굶어
죽은 일을 회상한다. "그때 아래서 그 무서운 탑의 문이 잠기는 소리를
들었지요." 엘리엇은 우리가 우리 자신의 자아 속에 갇혀 있기 때문에
공감하라는 명령을 따를 수 없다고 암시하고 있다. 엘리엇의 주는 F. H.
브래들리(1846~1924)의 『현상과 실재』 346쪽에서 계속된다. "외부에서 받는
내 감각도 내 생각이나 감정과 마찬가지로 개인적인 것이다. 두 경우 모두
내 경험은 밖으로 닫힌 원, 나 자신의 원 안에 속한다. 그리고 모든 요소가
흡사함에도 불구하고 모든 원은 주위를 둘러싸고 있는 모든 원에 대해
불투명하다. ……요컨대 영혼에 나타나는 하나의 존재로 간주될 때 전 세계는
각자에게 그 영혼에게만 특이하고 개인적인 것이다."
** 셰익스피어의 『코리올라누스』 참조. 의무보다도 자만심에 의해 행동한
코리올라누스는 자신의 감방에 갇힌 인간의 전형이다. 자부심을 상하게
했다고 해서 그는 자기가 태어난 도시를 향해 적을 지휘했다.

To controlling hands

                    I sat upon the shore

Fishing, with the arid plain behind me

Shall I at least set my lands in order?

London Bridge is falling down falling down falling down

Poi s'ascose nel foco che gli affina

Quando fiam uti chelidon — U swallow swallow

Le Prince d'Aquitaine à la tour abolie

These fragments I have shored against my ruins

Why then Ile fit you. Hieronymo's mad againe.

순종하여 침로를 바꾸며.

　　나는 기슭에 앉아

낚시질했다.* 등 뒤엔 메마른 들판.

적어도 내 땅만이라도 바로잡아 볼까?

런던 교가 무너진다 무너진다.**

그리고 그는 정화하는 불길 속에 몸을 감추었다***

언제 나는 제비처럼 될 것인가■ ── 오 제비여 제비여

황폐한 탑 속에 든 아키텐 왕자■■

이 단편들로 나는 내 폐허를 지탱해 왔다.

분부대로 합죠■■■ 히에로니모는 다시 미쳤다.

* 웨스턴의 『제식(祭式)에서 기사 이야기까지(*From Ritual to Romance*)』에서
「어부왕」 장 참조.
** 영국 민요의 후렴.
*** 「연옥편」 26장 148행 참조. 자진해서 고통을 받는 프로방스 시인
아르노 다니엘의 이야기에 붙인 단테의 표현. 재생을 찾는 사람에게 희망적인
단편의 하나.
■ 작자 미상의 라틴어 시 「비너스 철야제」로부터 인용. 그곳에서 시인은
자기의 노래를 듣는 사람이 없음을 슬퍼하여 언제 봄이 와서 제비처럼
목소리를 줄 것인지 묻고 있다. 제비는 필로멜라 이야기와도 관련이 있다.
■■ 프랑스 시인 제라르 드 네르발(Gérard de Nerval, 1808~1855)의 소네트
「폐적자」로부터 인용.
■■■ 토머스 키드(Thomas Kyd, 1557~1595)의 극 『스페인의 비극』은 부제가
'히에로니모는 다시 미쳤다'이다. 아들이 암살되자 히에로니모는 미치게
된다. 극중에서 궁정의 오락을 위해 극을 쓰라는 요청을 받고 그는 대답한다.

Datta. Dayadhvam. Damyata.

   Shantih shantih shantih

다타. 다야드밤. 담야타.

샨티 샨티 샨티.*

"분부대로 합죠." 그러곤 그 짧은 극 속에 아들을 암살한 자들이 죽도록 만든다. 그 극중극은 『황무지』처럼 여러 나라 말로 되어 있다.

● 우파니샤드의 형식적인 결어로 쓰이는 산스크리트어 '이해를 초월한 평화'의 뜻.

1888년 미국 미주리 주 세인트루이스에서 태어나다.

1906~09년 하버드 대학. 프랑스 상징주의와 라포르그에 친숙해지다.

1909~10년 하버드 대학 대학원. 시작(詩作)을 시작하다. 「프루프록의 사랑 노래」 착수.

1910~11년 프랑스와 독일에서 공부. 『프루프록의 사랑 노래』 완성.

1911~14년 하버드 대학 대학원에 돌아와 F. H. 브래들리의 철학 연구.

1914~15년 1차 세계대전으로 독일 유학이 중단됨. 옥스퍼드에 거주. 풍자적 단시들 완성. 『프루프록의 사랑 노래』 출판. 1915년 7월 비비안 헤이우드와 결혼.

1915~16년 런던에서 교직 생활. 서평. 브래들리에 관한 논문 완성.

1917~20년 로이드은행에 취직. 평론 발표. 「게론천」, 「성림」(1920년).

1921~25년 《다이얼》 런던 특파원(1921~1922년). 프랑스의 《NLF》 런던 특파원(1922~1923년), 《크라이테리온》 편집장(1922년 10월). 『황무지』 출판 및 다이얼상(1922년). 『엘리엇 시선』(1909~1925년) 출판.

1926~27년 세네카에 대한 논문.

1927~31년 영국 정교로 개종, 영국 시민권 획득(1927년).

1932년 『평론선』 출간.

1932~34년 『바위들』 완성.

1935년 『성당의 살인』 출간.

1939년 『가족 재회』 출간.

1940~42년 『네 개의 사중주』 출간.

1947년 아내의 죽음.

1948년 노벨문학상 수상.

1950년 『칵테일 파티』 출간.

1957년   발레리 플레처와 재혼.

1965년   별세.

작품에 대하여

모더니즘과 새로운 시의 탄생

황동규

1

개인의 기호에 관계없이 20세기를 대표하는 시 한 편만을
고르라면 「황무지」가 뽑힐 공산이 크다. 이 작품은 1922년
출판되자 곧 '새로운 시'의 보통명사가 되었고, 그 새로운 시에
'모더니즘'이라는 팻말이 붙은 후에는 모더니즘의 대표작으로
평가되어 왔다. 그리고 다른 모든 문화 현상과 마찬가지로 명성의
오르내림을 겪었다. 그러나 모더니즘이 한창 영향력을 행사하고
있을 때와 마찬가지로 헤게모니를 상당히 빼앗긴 지금에 와서도
이 작품이 지니고 있는 매력은 그대로 남아 있다. 오히려 최초의
뛰어난 포스트모더니즘 작품으로 평가하는 비평가들이 생길
정도인 것이다.

엘리엇을 이해하는 데는 모더니즘을 20세기 전반의 문학
조류의 하나로 보는 입장과 더불어 또 하나의 입장, 즉 서구
문학이 칸트 이래로 추구해 온 하나의 목표, 즉 예술 작품은 어떤
것의 수단이 아니라 그 자체가 목적이 되어야 한다는(autotelic)
생각의 정점에 「황무지」가 서 있다는 입장을 고려해야 할 것이다.
그 생각의 흐름 속에서 괴테를 비롯해 플로베르, 보들레르,
조이스, 토마스 만 들을 발견할 수 있을 것이다.

'모더니즘'이 지니고 있는 이중성이 여기에 있다. 보는
입장에 따라서는 낭만주의는 말할 것도 없고 상징주의까지도
모더니즘을 만드는 초석이었다고 할 수 있는 것이다. 예술의
흐름을 큰 시야에서 보려는 사람은 모더니즘의 시작을 중세 말
프로방스 지방의 트루바두르(troubadour: 음유시인) 전통에까지 밟아

오르기도 한다. 사랑하는 여인을 위해서 기독교적인 구원마저
포기할 수 있다는 대담한 삶의 태도는 모더니즘의 핵심 가운데
하나라고 생각된다. 모더니즘의 창시자라 부를 수도 있는 에즈라
파운드(Ezra Pound, 1885~1972)가 트루바두르 시의 전문가였다는
사실도 우연의 일치는 아니었을 것이다.

2

   엘리엇은 처음부터 '모더니스트'였다. 하버드 대학을 다닐 때
교지에 발표한 '낭만주의적'인 시들을 빼고 그가 전문 잡지에
최초로 발표한 「프루프록의 사랑 노래」는 그 작품 발표를
주선했던 파운드로부터 "최초의 현대적 작품"이라는 찬사를
받았고 그 찬사는 지금에 와서도 유효하다. 이 작품은 영국이
19세기에 개발해서 고도의 경지에 오르게 한 극적 독백(dramatic
monologue)'의 형식을 띠고 있지만, 이 독백을 듣고 있는 청자가
모호해서(여기에 등장하는 '너'를 내적 자아(inner self)로 보는
견해가 우세하다) '내적 독백(internal monologue)'이라고 불리는
작품이다. 요절한 프랑스 시인 라포르그(Jules Laforgue, 1860~1887)의
자조적인 내적 독백의 영향이 엿보이지만, 그 스케일이나 담고
있는 20세기 삶의 조명 같은 것을 고려한다면 「프루프록의 사랑
노래」는 최초의 뚜렷한 '내적 독백'의 시라고 할 수 있다.
   한 중년 사내의 내적 독백을 통해 기력을 상실한 현대인의
삶이 그려진다. 그것은 종교와 공동체 의식이 제거된 삶의
실체이며 제사(題詞)에서 유추할 수 있듯이 지옥의 삶이다. 그러나
그 삶은 18세기에 유행한 의영웅시(擬英雄詩, mock-heroic)의 어조로
노래 되어서, 독백의 간절함과 의영웅시의 비꼼 사이의 긴장이
작품을 끝까지 이끌고 간다.
   그리고 그 '지옥'의 삶은 또 얼마나 잘 그려져 있는가. 예를
하나 들어 보자.

등을 창유리에 비비는 노란 안개,
주둥이를 창유리에 비비는 노란 안개,
저녁의 구석구석에 혀를 넣고 핥다가
하수도에 고인 물웅덩이에서 머뭇대다가
굴뚝에서 떨어지는 검댕을 등으로 받고,
테라스를 빠져나가, 별안간 한 번 살짝 뛰고는
때가 녹녹한 시월 밤임을 알고
한 번 집 둘레를 돌고, 잠이 들었다.
　　　　　　　　──「프루프록의 사랑 노래」에서

　지금 그려지고 있는 것은 시월 저녁이다. 장소가 런던이든 보스턴이든, 우리나라의 가을 저녁과는 달리 습기 많고 안개 많은 저녁이다. 우선 그런 저녁을 안개로 대표하는 환유 (metonymy) 수사법을 쓰고 있으며 안개는 또 고양이로 대치하는 은유(metaphor) 수사법을 쓰고 있다. 이처럼 두 수사법이 동시에 사용되어 효과를 얻는 경우는 그리 쉽지 않다. 물론 이런 수사법을 동원하여 효과적으로 그리고 있는 것은 무기력한 삶이고 그 무력감에서 벗어나려는 인간의 처절한 모습이다.
　그러나 자신을 게에 비유하는 중간의 환상적이고 자조적인 상상("차라리 나는 소리 없는 바다 바닥을 허둥대며 건너는……")이 마지막에 가서는 인어들이 등장하는 환상적이고 낭만적인 상상으로 바뀌는 것에도 주목할 필요가 있을 것이다. 독백을 통해 자신의 삶의 구조를 계속 추적한 끝에 얻은 자신의 실체가 결국 '어릿광대'에 지나지 않는다는 자각이 그런 결과를 낳았을 것이다.
　엘리엇은 도시의 시인이다. 「전주곡들」은 도시에 살고 있는 한없이 순하고 한없이 고통받는 인간들의 풍경이다. 이 시의 중심을 이루는 셋째 토막의 주된 배경은 프랑스 작가 샤를루이 필리프(Charles-Louis Philippe, 1874~1909)의 『몽파르나스의 뷔뷔』의

착한 매춘부 여주인공의 삶으로 알려져 있지만 그 사실이 이
시의 이해에 반드시 필요한 것은 아니다. 여하튼 감상에 빠지기를
언제나 거부하는 엘리엇은 마지막 토막에 가서 스토아적인 인내
혹은 자동적인 삶의 고집을 보여 주며 시를 끝낸다.

「우는 처녀」는 처음 읽을 때 역자를 사랑 노래로 착각하게
한 시이다. 그러나 이 시는 남녀의 헤어짐을 노래하고 있고,
그것을 보는 시인(여기서 '그'와 '나'는 한 사람으로 보는 것이 더
타당하다)이

> 그들이 헤어지지 않았다면 어찌 됐을까요!
> 단지 제스처 하나 포즈 하나 잃었을까요.
>
> ── 「우는 처녀」에서

라고 지극히 비낭만적으로 생각을 이끌어 가는 것이다. 물론
비낭만에도 아픔은 있어서 "때로 이런 상념들이 아직/ 심산한
밤이나 낮의 휴식을 숨막히게 해요."가 뒤를 잇기는 하지만.
위의 세 편은 『황무지』를 읽기 위한 좋은 길잡이가 될 뿐
아니라 그 자체로서도 훌륭한 시들이다. 동시에 '현대시'의 출발의
모습을 그 어느 시보다도 잘 보여 주고 있는 작품들인 것이다.

3

『황무지』(1922)의 발표와 더불어 엘리엇은 좋든 나쁘든
세계의 '현대시'를 지배해 왔다. 시뿐 아니라 그의 평론은
신비평(New Criticism)을 생기게 했고, 1960년대 중반까지 그의
이론은 대학가의 문학론을 압도했다고 해도 과언이 아니다.
그의 비낭만적이고 지성 일변도적인 자세는 시와 비평뿐만
아니라 소설, 희곡 그리고 예술의 거의 모든 영역의 평가에까지
스며들었던 것이다.
이제 세계적으로 그의 영향이 재평가되는 추세 속에서 우리는

그의 시 작품이 앞으로 생명력을 계속 지닐 수 있을까라는 질문을 하게 된다. 대학 생활을 할 때 너무 지나치게 '비인간적인' 그의 예술론에 의해 괴로움을 당한 일이 있는 역자는 질문을 할 때마다 부정적인 결론을 이끌어 내리려는 유혹을 받아 왔다. 그 유혹은 엘리엇의 새로운 자리매김이 진행될 때까지 계속되었다.

그러나 그때마다 나를 놀라게 한 것은 엘리엇이 계속 살아 있는 실체였다는 사실이었다. 아무리 살펴보아도 그의 시는 그의 시론의 연습곡이 아니었던 것이다. 그가 낭만주의와 그처럼 싸웠음에도 불구하고 그의 시는 낭만주의적 요소를 많이 갖고 있으며, 그가 아무리 객관적이기를 바랐지만 그의 시는 예술가적 주체의 고뇌를 가지고 있었던 것이다. 그 사실은 이번에 「프루프록의 사랑 노래」, 「전주곡들」, 「황무지」 들을 새로 손볼 때 다시 한 번 확인되었다.

엘리엇이 시에서 요구하는 것은 기지와 균형과 아이러니이다. 그것은 소위 자연 발생적인 감정과 관련이 적은 것이며 세련된 정신이 문화 속에서 빚는 그 무엇이다. 따라서 전통이 중요한 문제로 대두된다. 전통이야말로 시의 소재가 되고 그렇게 해서 완성된 작품은 그다음 시인의 전통이 되는 것이다. 전통이 중요한 과제가 될 때 그 전통의 정통성이 문제된다. 엘리엇은 정통을 희랍, 라틴, 이탈리아 르네상스, 프랑스, 영국에 이어지는 서유럽 문화의 흐름에서 찾았다. 엘리엇의 비평은 그 '정통'을 수호하기 위한 투쟁의 기록으로 보아야 하며, 설사 그 투쟁이 윌리엄 블레이크와 D. H. 로렌스에 대한 평가를 잘못 내리게 했다 하더라도, 존 던과 제라드 홉킨스에 정당한 빛을 주었다는 사실로 회복될 수 있는 행위인 것이다.

그가 시에 기여한 업적은 우선 과도한 감정을 배제할 때 시가 얼마나 효과적으로 감동을 주는가 하는 것이었다. 다음으로는 T. E. 흄이나 에즈라 파운드의 견고한 이미지들을 프랑스 상징파들의 유연한 이미지와 결합시키는 데 성공했다는 사실이다. 그것은 프랑스 시인 쥘 라포르그의 회화체 틀을 통해 이룩되지만 라포르그가 가지고 있지 못한 '다성성(多聲性)'이 가세된다.

다음으로 그가 새롭게 시에 도입한 것은 '콜라주' 수법이었다. 그는 의식적으로 상(像)과 상의 연결을 위한 언어를 제거하고 그것들을 그대로 병치시키는 방법을 시도했다. 그의 시 읽기의 어려움은 대부분 여기서 나오지만, 상과 상의 연결 부분에서 시인의 개인적 감정이나 약점이 가장 잘 드러난다는 사실을 생각할 때 효과적인 수법인 것이다. 병치된 상들이 직접 독자에게 강렬한 힘을 발휘할 때 시인은 음험하게 숨어 그 힘의 모든 효과에 대하여 긍정할 수 있는 것이다.

그러나 엘리엇은 좀 더 복잡한 인간이나. 그는 스스로 제 작품에 주를 붙임으로써 위의 효과에 제한을 가하기도 했고, 1920년대 말의 일반적인 민주주의 조류와는 달리 자기는 "문학에 있어서 고전주의자, 정치에 있어서는 왕당파, 종교에 있어서는 영국 정교 내지 가톨릭"이라고 술회함으로써 인간적인 자신에게 제한을 가하기도 했던 것이다.

극도로 새로운 기법을 사용하되 자기를 묶는 행위, 이것이야말로 서구의 지성이 이룩한 하나의 완성이며, 그것이 20세기의 심연 앞에서 행해졌을 때 20세기의 한 완성이라고 볼 수 있는 것이다.

4

『황무지』에 대한 간단한 길잡이를 제시해 보자. 이 작품은 징신적 메마름, 인간의 일상적 행위에 가치를 주는 믿음의 부재, 생산이 없는 성(性), 그리고 재생이 거부된 죽음에 대한 시이다. 엘리엇 자신이 이 작품의 테마와 구조에 대해 원주(原註)에서 실마리를 제시해 주고 있다. 즉 제시 웨스턴이

지은 『제식(祭式)에서 기사 이야기까지』(1920)에서 제목과 구성과 많은 상징을 얻었다고 술회하고 있는 것이다. 그리고 프레이저(Sir James George Frazer, 1854~1941)의 『황금 가지』 가운데 식물 신화와 풍요 의식을 다루는 부분에서 많은 것을 얻었음을 밝히고 있다.

웨스턴은 당시 인류학자들이 조사한 자료를 근거로 해서 이들 신화와 의식이 기독교, 특히 성배 전설과 어떤 관계가 있는지를 추궁했다. 그네는 어부왕 이야기에서 풍요 신화의 원형을 발견했다. 어부왕의 죽음, 병 혹은 성 불능이 그의 나라에 가뭄과 황폐를 가져오고 사람과 짐승에게는 생식력 불모를 가져온다. 이 상징적인 '황무지'는 순결한 기사가 그 땅의 한복판에 있는 위험 성당에 가서 여성 남성의 풍요 상징인 성배와 창에 대해 의식(儀式)적인 질문을 함으로써만 재생을 얻을 수 있다. 이 질문을 함으로써 왕을 낫게 하고 그 땅에 풍요를 가져오는 것이다.

이 원초적인 성배 신화와 여러 문명이 지닌 풍요제(대체로 신이 죽었다가 재생하는 것으로 되어 있지만)와의 관계는 식물이 겨울에 죽었다가 봄에 다시 소생하는 계절의 순환적인 진행에 대한 인간의 공통적인 반응을 보여 준다. 기독교는 이 공통적인 반응을 제거하려고 노력하기는커녕 상당히 적극적으로 받아들인 흔적을 보여 준다. 원시 기독교도들이 물고기 상징으로 자신들을 나타낸 것은 어부왕과 관련이 있으며, 예수의 죽음과 부활 자체도 풍요제와 연관 지을 수 있는 것이다.

이 죽음을 통한 재생은 「황무지」뿐 아니라 엘리엇의 여러 다른 시와 시극(詩劇)에서 중요한 모티프로 사용되고 있다. 「황무지」에서는 그 모티프가 동서양의 다양한 신화 내지는 종교적 자료를 사용해서 나타나기 때문에 다채로운 즐거움도 주지만 동시에 이 작품을 어렵게도 만들고 있다. 그러나 엘리엇의 시는 뒤에 숨어 있는 전거를 잘 모르더라도 섬세한 독자라면 전체를 '느낄 수' 있을 만큼 적절하면서도 충격적인 다채로운 속도의 흐름을 갖고 있다는 사실도 지적하지 않을 수 없다. 사람에 따라서는 이 작품을 하나의 긴 서정시로 읽을 수도 있을 것이다.

「1 죽은 자의 매장」: 황무지에서 사월은 가장 잔인한 달이다. 진정한 재생을 가져오지 않고 공허한 추억으로 고통을 주기 때문이다. 휴양지에서 지껄이는 사람들은 진정한 새로운 삶을 원치 않는다. 사월은 재생을 원치 않는 사람들에게 재생을 요구하므로 또한 잔인하다. 특히 이 부분은 콜라주 수법을 사용해서 효과를 보고 있다.

갑자기 구약성경의 에스겔적인 음성으로 문명의 메마름과 희망 없음을 알리는 소리가 들려온다. 그러고는 낭만적인 정열과 실패한 사랑이 추억에 담긴 노랫소리로 바뀐다.

다음에 고대의 종교의식이 점치는 행위로 바뀐 황무지의 상황으로 바뀐다. 타로 카드의 원초적인 상징들이 속화되어 나타난다(시적으로는 이 속화된 상징들이 뒤에 가서 발전되는 효과를 지니고 있지만).

그리고 현대 문명에 대한 좀 더 직접적인 상이 나타난다. 보들레르의 파리, 현대 런던, 단테의 지옥 및 연옥, 이 모든 것이 하나로 통합된다. 그러고 나서 화자는 저 위대한 부활 제식을 기괴한 정원 가꾸기로 바꾼다. 그러고는 보들레르의 시구를 따다가 독자들도 같은 상황에 있음을, 공모자임을 자각하도록 한다.

「2 체스 놀이」: 권태로운 유한부인이 화장대 앞에 앉아 있다. 실내 장식과 향수(香水)와 화려함이 감각을 마비시킨다. 다음에 이어서는 대화 혹은 독백(따옴표 부분은 여자의 말이고 나머지 부분은 그네의 남편 혹은 애인의 말 없는 대답이라고 보는 설이 정설로 되어 있다)과 셰익스피어를 재즈로 바꾸기까지 이르는 패러디는 문화의 타락을 암시해 주고 삶의 무의미감을 고조시켜 준다.

이들이 기다리는 무서운 '노크'는 술집 바텐더가 문 닫을 시간이 되었음을 알리는 카운터에 치는 노크로 바뀐다. 그리고 등장인물은 앞서의 상류층 인물에서 하류층 인물로 바뀐다. 그들이 주고받는 생(生)과 성(性)이야말로 생식이 없는 황무지의 생과 성이다.

「3 불의 설교」: 템스 강의 가을 장면이다. 이 장면은 문학의 유명한 작품의 부분들을 아이러니컬하게 인용하거나 왜곡함으로써, 그리고 과거의 고상한 제식 행위를 현대의 사소하고 음탕한 행위와 일치시킴으로써 괴기한 장면이 된다. 잠시 지중해에 풍요 의식을 퍼뜨린 스미르나 상인의 현대판을 보여 주고 나서 현대의 성(性)이 지닌 무서운 무의미의 사실적인 현장에 들어간다.

템스 강에서 유혹당한 이야기가 엘리자베스 여왕 때의 사랑과 비교되며 바그너, 셰익스피어, 단테 들의 작품이 주는 메아리들과 함께 황무지의 성이 지닌 무의미와 저속함을 더 파고든다. 그리고 서양의 성 아우구스티누스, 동양의 부처의 정욕을 버리라는 호소로 끝맺는다.

「4 수사(水死)」: 자명한 것 같은 이 짧은 마디는 두 가지 상반되는 해석을 동시에 갖고 있다. 즉 재생이 없는 수사(물을 제대로 사용 못 하는 현대적 상황)를 암시한다는 해석과, 재생에 앞선 희생적 죽음을 암시한다는 해석이 있다. 두번째 설명을 따르는 비평가가 더 많지만, 이 마디에 나오는 죽음에는 이상한 고요함이 뒤따르고 있어 딱 결정하기 힘든 문제이다.

「5 천둥이 한 말」: 주에서 밝힌 세 가지 테마가 나타나고 예수가 죽임당한 풍요신과 관련이 맺어지나 아직 부활은 없다. 바위만 있는 풍경이 점점 열을 더해 가자 서양 문명이 낳은 위대한 도시들이 모두 악몽으로 바뀌는 비전에까지 이른다. 그러자 곧 황무지 한가운데 있는 위험 성당으로 장면이 바뀐다.

그 성당은 비어 있고 버림받은 것 같으며 지금까지 그곳을 찾아온 고행이 헛된 것처럼 보인다. 그러나 갑자기 닭이 울고 번개가 치며 풍요를 약속하는 비가 내린다. 천둥은 동양의 지혜의 틀을 통해 구원의 메시지를 보낸다. '주라, 공감하라, 자제하라.' 그러나 우리는 적절히 주기에는 너무 신중하고 적절히 공감하기에는 너무 자신들에게 갇혀 있고 자제하기에는 자제를 당하도록 되어 있다. 구원은 아직 문제를 안고 있고 '적어도 내 땅만이라도 지탱해 보는' 상태를 보여 줄 뿐이다.

세계시인선 17　　황무지

2판 1쇄 펴냄　2004년 7월 5일
2판 13쇄 펴냄　2015년 3월 9일
3판 1쇄 펴냄　2017년 3월 20일
3판 8쇄 펴냄　2024년 3월 26일

지은이　　T. S. 엘리엇
옮긴이　　황동규
발행인　　박근섭, 박상준
펴낸곳　　**(주)민음사**

출판등록　1966. 5. 19. (제16-490호)
주소　　　서울시 강남구 도산대로1길 62
　　　　　강남출판문화센터 5층 (06027)
대표전화　02-515-2000　　팩시밀리 02-515-2007

www.minumsa.com

ISBN　978-89-374-7517-7 (04800)
　　　　978-89-374-7500-9 (세트)

* 잘못 만들어진 책은 구입처에서 교환해 드립니다.

세계시인선 목록